petit roman

Jean-Christophe Tixier
Illustrations de Florian Thouret

PAROLE DE SORCIER !

RAGEOT

ISBN : 978-2-7002-3861-7
ISSN : 1965-8370

Loi n° 49-956 du 16-07-1949 sur les publications destinées à la jeunesse.

Une disparition étonnante

Ce jour-là, en revenant de l'école, Matthias croisa une vache. Une belle grosse vache blanche avec des taches noires. Il aimait les vaches car c'était à ses yeux l'animal le plus pacifique.

Quand il arriva à sa hauteur, elle disparut en un éclair. Matthias se figea d'étonnement.

Comment un animal aussi énorme pouvait-il disparaître ainsi ?

Il se frotta longuement les yeux, puis il observa les alentours.

Là, sur le sol, à l'endroit où se trouvait la vache quelques secondes plus tôt, il y avait une hache.

Tout à coup, Matthias entendit un gros éclat de rire.

Un peu plus loin, un homme se tenait devant un arbre.

Il portait une longue cape bleue, un large chapeau pointu, bleu lui aussi. Ses grandes lunettes de soleil cachaient ses yeux et une interminable moustache s'enroulait sur ses joues.

– C'est toi qui as fait ça ? demanda Matthias.

L'homme se redressa fièrement, puis il répondit avec un sourire malicieux :

– Oui, c'est moi. Je suis sorcier.

Matthias ouvrit de grands yeux. C'était la première fois qu'il en voyait un.

– Et quel est ton pouvoir ?

Le sorcier éclata de nouveau de rire, et d'un geste montra la hache.

– Mon pouvoir consiste à changer une lettre dans chaque mot, expliqua-t-il d'un ton mystérieux.

– Je ne comprends pas, insista Matthias.

Le sorcier se pencha vers lui et murmura à son oreille :

– Cela me permet de changer le monde.

Une formule vraiment magique

Le sorcier adressa un grand sourire à Matthias et poursuivit ses explications :

– Pour cela j'utilise une formule magique :

N'existe que ce qui est nommé,
Changeons une lettre par-ci,
Changeons une lettre par-là,
*La **Poule** se transformera en **Boule,***
*La **Grotte** sera une **Crotte,***
*Et la **Bave** deviendra **Lave.***

– À part transformer cette pauvre **Vache** en **Hache,** je ne vois toujours pas à quoi ça sert ! s'impatienta Matthias.

Le sorcier s'approcha de lui.

– Regarde bien. Avec ma formule magique, je transforme cette **voiTure** en **voiLure.**

Et effectivement, la voiture fut changée en voilure. Le pauvre conducteur se retrouva, le volant dans les mains, assis en haut du mât d'un bateau.

Avant que Matthias n'ait eu le temps de dire quoi que ce soit, le sorcier poursuivit :

– Avec ma formule magique, ta **Sœur** se métamorphose en **Cœur**...

Matthias éclata de rire. Le sorcier ne connaissait visiblement pas sa peste de sœur pour dire une chose pareille.

– Elle est trop casse-pieds pour devenir un cœur, déclara-t-il.

Le sorcier continua sa démonstration.

– Ton **Père** devient ta **Mère**, et ta **Mère** devient ton **Père**.

– Ça ne change rien, puisque j'ai toujours un père et une mère ! protesta Matthias.

Le sorcier se gratta la tête et se dit que le garçon avait raison : ça ne changeait pas grand-chose.

Le sorcier ensorcelé

– Regarde ça, annonça le sorcier. Je suis certain que cela va te convaincre. Avec ma formule magique, je peux aussi transformer les **bUlles** en **bIlles.**

Le sorcier extirpa de sa poche un petit flacon, l'ouvrit et souffla dans la bague en plastique. Aussitôt, des bulles s'envolèrent.

Le sorcier récita alors sa formule magique et les bulles tombèrent sur le sol, transformées en billes.

Matthias comprit soudain mieux l'intérêt du pouvoir magique.

– Ouah ! C'est drôlement intéressant, s'exclama-t-il en ramassant les billes.

Encouragé, le sorcier poursuivit :

– Et la **Hache** devient une **Tache.**

Sur le sol apparut une grande tache aux couleurs de la vache.

– Mais, et la vache ? s'indigna Matthias. Il faut la faire réapparaître.

– Ce n'est qu'une vache, commenta le sorcier.

Matthias sentit la colère monter en lui. Il trouvait que les vaches avaient droit au respect. Une idée lui vint.

– Si j'ai bien compris, lança-t-il, **Toi** tu te transformes en **Moi**, et **Moi** je deviens **Toi**.

Et avant que le sorcier n'ait eu le temps de réagir, Matthias récita la formule magique.

Dans la seconde, la cape du sorcier enveloppa les épaules de Matthias.

Le nouveau sorcier éclata de rire.

– Maintenant, c'est moi qui possède le super pouvoir.

– Tu n'as pas le droit d'agir ainsi, protesta l'ancien sorcier.

– Pas le droit ? dit Matthias, très à l'aise dans sa nouvelle peau de sorcier. On va voir ce qu'on va voir.

L'ancien sorcier protesta, lança son chapeau par terre et, de rage, le piétina.

– Arrrrgggghhhh, tu m'as bien eu, râla-t-il.

– Que la **Tache** redevienne **Vache,** cria Matthias.

La vache reprit sa route en meuglant, sans avoir compris ce qui lui était arrivé.

Le pêcheur et le bûcheron

Matthias le sorcier s'éloigna, bien décidé à expérimenter son nouveau pouvoir.

En chemin, il rencontra le vieil Alfred. Il était assis sur un rocher au bord de la rivière, les yeux rivés sur le bouchon de sa canne à pêche. Matthias s'approcha.

– Ça mord ? demanda-t-il.

Tout fier, le pêcheur montra les poissons qu'il avait attrapés. Il y en avait une dizaine dans un seau.

De nouveau, la colère envahit Matthias. Pourquoi s'en prendre ainsi à des animaux sans défense ? Il se mit à réciter la formule magique :

N'existe que ce qui est nommé,
Changeons une lettre par-ci,
Changeons une lettre par-là,
*Que la canne à **pÊche***
*devienne une canne à **pOche.***

Aussitôt, au bout de la longue canne en bois, une poche apparut.

– Comment vais-je pêcher avec ça ? protesta le vieil Alfred.

Matthias éclata de rire. Décidément, cette formule magique permettait de bien s'amuser. Mais le pêcheur était en colère, et Matthias s'enfuit avant qu'il ne l'attrape.

Le jeune sorcier fila se cacher dans la forêt. Là un bûcheron était en train de couper un arbre. Avec sa hache, il donnait de grands coups dans le tronc. Matthias s'immobilisa. Pourquoi abattait-il un arbre aussi beau ?

Il devait au plus vite trouver une solution pour arrêter le bûcheron. Après un instant de réflexion, il prononça de nouveau la formule magique :

N'existe que ce qui est nommé,
Changeons une lettre par-ci,
Changeons une lettre par-là,
*Et que la **Hache** devienne une **Vache**.*

Aussitôt, une vache apparut. Une belle grosse vache blanche, avec des taches noires. Surpris, le bûcheron lâcha la queue de l'animal.

– Mais que se passe-t-il ?

– Meuuuuuuuuuh, répondit la vache.

L'homme se tourna vers Matthias.

– C'est toi qui as fait ça ?

Matthias hocha la tête en souriant.

– Rends-moi ma hache, j'en ai besoin pour travailler !

– Il faut laisser les arbres tranquilles, rétorqua Matthias.

Et voyant que le bûcheron était furieux, il reprit sa course.

La ferme en folie

Pour échapper à son poursuivant, Matthias se réfugia dans la cour de la première ferme qu'il trouva. Derrière cette ferme, il y avait un abri pour protéger le bois. À côté, stationnait le camion de l'abattoir. Les veaux affolés refusaient de grimper dedans. Matthias devait trouver le moyen de les protéger.

Il eut alors une idée et prononça :

N'existe que ce qui est nommé,
Changeons une lettre par-ci,
Changeons une lettre par-là,
*Que les **Veaux** se changent en **Seaux.***

Dans l'instant, les veaux cessèrent de bêler et se transformèrent en seaux.

Le fermier en colère s'approcha de Matthias.

– Qu'as-tu fait de mes veaux ? Et que vais-je faire de tous ces seaux ?

Matthias prit peur. Pour protéger sa fuite, il devait créer une diversion.

Il récita une nouvelle fois sa formule magique :

N'existe que ce qui est nommé,
Changeons une lettre par-ci,
Changeons une lettre par-là,
Que les ***bûches*** *deviennent des* ***biches.***

Une multitude de biches craintives bondirent en tous sens, empêchant le fermier de rattraper Matthias. Le jeune sorcier courut aussi vite qu'il put se réfugier chez lui.

Une mouche géante

La première personne qu'il croisa en rentrant ce fut sa sœur et, comme d'habitude, elle ne put s'empêcher de l'asticoter.

– Salut petit microbe. Que fais-tu dans cet accoutrement, tu reviens d'un bal masqué ?

– Répète ce que tu viens de dire si tu l'oses, menaça Matthias.

– Oh, je n'ai pas peur, sale petit microbe de rien du tout, répéta Léa.

Un léger sourire se dessina sur le visage de Matthias.

– Tu vas voir ce que tu vas voir !

Elle le regarda, surprise.

– Et je vais voir quoi, petit microbe ?

Matthias ne se fit pas prier. Il récita :

N'existe que ce qui est écrit,
Changeons une lettre par-ci,
Changeons une lettre par-là,
*Que tes **Joues** se transforment en **Roues**,*
*Et que tes **Mains** deviennent des **Pains**.*

Léa se précipita dans la salle de bain. Quand elle se vit dans la glace, elle poussa un hurlement d'horreur.

– De la part de l'immonde microbe, lui cria Matthias.

Et comme il ne voulait pas s'arrêter en si bon chemin, il ajouta :

– Que la **Douche** se transforme en **Mouche.**

Un nouveau hurlement retentit et sa sœur sortit en courant, suivie par une énorme mouche noire. Matthias prit peur. Il se mit à réfléchir à toute vitesse.

« Et si je transformais la mouche en bouche ? se dit-il. Oh non, elle risquerait de nous manger. »

La mouche géante tournoyait sans cesse autour d'eux dans un bourdonnement sinistre.

« Et en souche ? Non, en tombant, elle risquerait de nous écrabouiller. »

Enfin, Matthias trouva la solution.

– Que la **Mouche** devienne une **Louche** !

Aussitôt, une louche s'écrasa sur le sol.

– À quoi joues-tu ? hurla Léa.

– Ne te plains pas, je viens de te sauver de l'attaque d'une mouche géante. Tu devrais me remercier au lieu de crier.

– Mais regarde-moi, je suis monstrueuse. Je vais te tordre le cou, sale petit microbe.

Sentant que la menace était bien réelle, Matthias quitta la maison à toutes jambes en se promettant de revenir quand sa sœur serait calmée.

La poursuite infernale

Une fois dehors, Matthias s'aperçut qu'ils étaient tous là à l'attendre : le fermier, le pêcheur ainsi que le bûcheron. Et tous étaient en colère contre lui.

– Rends-moi mes veaux, ordonna le fermier. Que veux-tu que je fasse avec tous ces seaux ?

À son tour, le pêcheur exprima sa colère.

– Je veux une nouvelle canne à pêche. Avec cette canne à poche, je ne peux attraper aucun poisson.

– Et moi je veux ma hache. Comment pourrais-je couper les arbres avec une vache ? s'écria le bûcheron.

Matthias comprit qu'il allait passer un très mauvais moment.

Par chance, sa sœur arriva à son tour. Quand le fermier, le pêcheur et le bûcheron virent qu'elle avait des roues à la place des joues et des pains en guise de mains, ils se figèrent, ébahis.

Matthias en profita pour prendre aussitôt la poudre d'escampette.

Il courait aussi vite qu'il pouvait mais, derrière lui, il entendait les cris de ses poursuivants se rapprocher.

Il se mit à courir plus vite encore. Il devait retrouver le sorcier. Par chance, celui-ci était toujours sur le chemin où il l'avait croisé.

Matthias lança aussitôt la formule magique :

N'existe que ce qui est nommé,
Changeons une lettre par-ci,
Changeons une lettre par-là,
*Que **Moi,** je me transforme en **Toi,***
*Et que **Toi,** tu deviennes **Moi.***

Dans l'instant, Matthias redevint Matthias et le sorcier redevint sorcier.

Voyant ses poursuivants arriver, Matthias dit au sorcier :

– J'ai besoin de toi pour réparer mes bêtises.

– Oh oui, j'ai l'impression que je vais avoir du travail pour remettre tout en ordre ! s'exclama le sorcier.

Et il commença à réciter :

N'existe que ce qui est nommé,
Changeons une lettre par-ci,
Changeons une lettre par-là...

Le sorcier hésita, ne sachant comment réparer toutes les bêtises de Matthias en même temps.

– Que le **Pire** se transforme en **Rire**, souffla Matthias.

– Bonne idée ! commenta le sorcier avant de prononcer la fin de la formule.

Aussitôt, tous les poursuivants se mirent à rire. Le sorcier en profita pour rendre ses veaux au fermier, sa canne à pêche au pêcheur, sa hache au bûcheron et Léa retrouva son apparence habituelle.

– On pourrait aussi transformer le **repOs** bien mérité en grand **repAs**, proposa Matthias.

– Et que ta **saLe** peste de sœur devienne **saGe,** ajouta le sorcier avec un clin d'œil.

Et il récita sa formule magique.

De longues tables apparurent, couvertes de nappes magnifiques, sur lesquelles un appétissant buffet attendait d'être dévoré.

Il y avait une multitude de plats délicieux, des gâteaux dégoulinants de crème, et même une immense coupe remplie de foin odorant pour la vache.

Il y eut, ce soir-là, une joyeuse fête au village, où tous les habitants furent conviés.

Comme en avait décidé le sorcier, Léa fut désormais un ange avec Matthias et ne le traita plus jamais de petit microbe.

L'auteur

Enfant, **Jean-Christophe Tixier** aimait inventer des mots avec son petit frère, pour que leurs grandes sœurs et leur frère aîné ne comprennent pas ce qu'ils se racontaient. Il était aussi persuadé qu'une formule magique pouvait le propulser dans des ailleurs merveilleux.

Aujourd'hui, malgré ses 1,92 m il a gardé ses rêves d'enfant. Il a parfois 12 ans, souvent 20 ans et demi, presque jamais 45.

Dans la même collection :

Un poney au balcon

Les grands-parents d'Aurélien
lui offrent un poney !
Dans l'appartement, l'animal
multiplie les bêtises.

LA BATAILLE DES CABANES

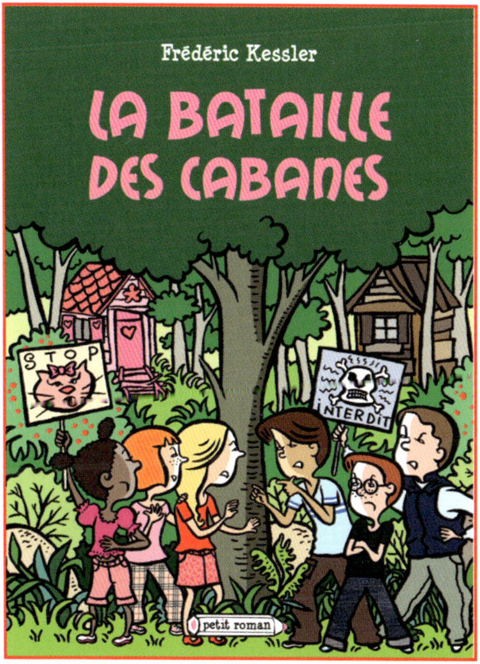

Il y a deux cabanes dans le petit bois :
celle des filles et celle des garçons.
Chacun joue sur son territoire
et la paix règne, jusqu'au jour où...

Achevé d'imprimer en France en juillet 2012
par l'imprimerie Clerc.
Dépôt légal : août 2012
N° d'édition : 5673 – 01

TRANSE MISSION !

de Martin Noble

Illustrations de Joanna Roberts

Traduit de l'anglais par Christiane Prigent

et Alexandra, Aurélien, Céline, Christelle, Maxou, Sébastien.

Loi n° 49-956 du 16 juillet 1949 sur les publications destinées à la jeunesse.
ISBN : 2-07-069865-3

Dépôt légal : octobre 1995
Numéro d'édition : 77934
Imprimé en Grande-Bretagne

Chapitre I

C'était lui.

C'était Jamie Canon. J'en étais sûre.

Il n'y avait que lui pour danser comme ça – pour oser danser comme ça – comme un chimpanzé cinglé, en agitant ses bras et ses épaules dans tous les sens et en faisant des grimaces idiotes.

À qui adressait-il ces grimaces ? À moi ?

Il portait son vieux jean avec des poches aux genoux et son horrible T-shirt à manches longues. D'ici, je n'arrivais pas à distinguer les couleurs, mais il était probablement rose, violet et berk – entre le genre rave partie et le Néandertal première époque. Mais il n'avait plus la même coiffure. Maintenant il avait une de ces coupes au bol avec les cheveux qui tombent sur les yeux. Sur quelle musique dansait-il ? Heavy metal, indie ou techno ? Ou alors sur Madonna ou sur Michael Jackson, comme autrefois ?

Ça faisait sept ans que je ne l'avais pas revu et voilà qu'on était de nouveau face à face, chacun derrière sa fenêtre et qu'il me faisait de grands signes. Je rêvais, ou quoi ?

Il souriait comme autrefois, avec son grand sourire enfantin et béat, exactement comme la dernière fois qu'on s'était vus, quand nous avions neuf ans. C'était quand on avait déménagé – papa, maman, moi et Sophie qui a trois ans de moins que moi et qui est très probablement la Fille la Plus Lourde de Tout l'Univers. On avait quitté Londres pour Swanleigh, qui se trouve dans les Midlands, avec nos deux chats pelés. Jamie et sa famille étaient partis en Allemagne quelques mois plus tard.

Au fait, je m'appelle Abigail Edwards. Peut-être que ça ne vous dit rien, mais je crois que je peux affirmer sans fausse modestie que je suis la seule image culturelle présentant quelque intérêt dans un village qui comprend une trentaine de maisons, un pub et un seul magasin. Un magasin, d'ailleurs, où on ne peut même pas trouver une mousse de toilette, produit qui, à mon âge – j'ai seize ans –, se révèle essentiel pour lutter contre les effets désastreux de l'acné, des rides ou de la sénilité précoce.

Je pense qu'il me faut faire mon portrait physique, maintenant. Je déteste ça parce que je me trouve parfaitement fade, la plupart du temps. Alors, quand je vais à une fête, je suis hyper énervée et je passe des heures dans la salle de bains à me regarder dans la glace. Sophie dit que je ferais bien de payer un loyer à maman et d'en faire mon domicile. C'est facile à dire pour elle, parce qu'elle est drôlement mignonne. Elle a un joli petit visage rond, des fossettes et des yeux magnifiques. Tout le monde me dit que j'ai une petite sœur Adorable, et c'est Stressant parce que moi, je suis juste ordinaire.

Ce que j'ai de mieux, ce sont mes yeux verts. Sinon j'ai les cheveux châtain clair, et je ne sais jamais comment les coiffer. La plupart du temps je les laisse ballants sur mes épaules. Si je joue le grand jeu, maquillage, eyeliner et tout le reste, et si, en plus j'ai suffisamment dormi, je peux arriver à six ou sept en appréciation chiffrée.

Jusqu'à treize ou quatorze ans j'étais plutôt petite pour mon âge. Et puis, j'ai grandi d'un seul coup d'une dizaine de centimètres. Maintenant je dépasse la moyenne et ça me botte vraiment, sauf que j'ai l'air encore plus maigre qu'avant. Quand ça m'énerve trop, maman me dit « regarde les top models, elles sont toutes très minces », et je suis obligée de lui rappeler que je ne suis pas Naomi Campbell et que je ne le serai jamais. Maman me dit aussi « tu as de très beaux yeux » mais, je ne sais pas pourquoi, quand c'est elle qui le dit, ça ne compte pas.

Jamie disait qu'il pouvait lire dans mes yeux.

La première fois qu'il avait dit ça, c'est quand il était arrivé dans mon école primaire. Il avait sept ans.

– Je vous présente Jamie Canon, avait dit Madame Wyndham, notre maîtresse.

C'était une grosse dame énergique au visage rouge comme une tomate. Elle avait un accent très distingué, un peu snob, mais elle respirait toujours bruyamment. Elle portait de grandes robes à fleurs en tissu très épais, été comme hiver, et elle sentait le lilas et la savonnette.

– Jamie sera dans votre classe à partir d'aujourd'hui, avait-elle ajouté. Son père est un chef très célèbre et je suis sûre que Jamie aura beaucoup de choses à nous apprendre, n'est-ce pas, Jamie ?

Il avait l'air d'un petit singe avec son short trop grand pour lui qui flottait sur ses genoux.

Il ne répondit pas, mais il étouffa un baillement. Aujourd'hui j'ai honte de l'avouer, mais alors, je m'étais dit « il nous rabaisse, juste parce que son père est chef cuisinier ».

– Il y a une place à côté d'Abigail. Va t'asseoir là-bas, Jamie.

Chrissie Somers était absente, et c'était sa place d'habitude. Jamie me lança un drôle de regard en s'asseyant, comme pour dire « je sais bien que tu ne m'aimes pas, mais tu vas être obligée de me supporter, parce que de toute façon c'est pas ma faute, c'est pas moi qui ai demandé d'être à côté de toi ».

Nous n'échangeâmes pas un mot ce jour-là, ni le lendemain. Après, ce fut le week-end, et le lundi suivant Chrissie revint – elle avait eu la grippe – mais elle alla s'asseoir à côté d'Emily Woolford et j'étais vraiment dégoûtée parce que j'étais persuadée que Jamie ne m'aimait pas et en tout cas, moi, je le détestais.

Le lendemain après-midi, on avait travail manuel et Madame Wyndham distribua des paquets de pâte à modeler tout neufs et nous dit de modeler la tête d'un de nos camarades.

J'étais très satisfaite de mon travail. J'avais fait Jamie, avec une tête de singe.

– On dirait un singe, dit-il.

Je crois que c'était la première fois qu'il m'adressait la parole.

– C'est parce que tu ressembles à un singe.

– Même pas vrai.

– Si, c'est vrai.

– Non, c'est pas vrai, et de toute façon, toi, tu ressembles à une souris.

Je le dévisageai, mortifiée.

– T'as pas le droit de dire des choses pareilles.

– Et toi, t'as le droit de dire que je ressemble à un singe ? Regarde. Voilà tes yeux.

Il me montra la tête qu'il avait modelée, et c'était vrai. Il y avait deux petits yeux ronds et verts sur une tête de souris bleue.

Et ça me ressemblait.

Ensuite, il me regarda attentivement et il déclara :

– Je sais ce que tes yeux sont en train de dire.

– Qu'est-ce que tu racontes ?

– Je peux lire dans tes yeux.

– Même pas vrai... et alors ? Qu'est-ce qu'ils disent ?

– Ils disent que tu aimerais bien que Chrissie soit à côté de toi en classe et que tu en as marre d'être à côté de moi.

– Ça, c'est vrai, répliquai-je. Mais c'était pas dur à deviner.

– Attends un peu, j'ai pas fini. Et tu penses...

Il me contempla pendant quelques instants d'une drôle de façon et je me sentis soudain mal à l'aise.

– Je sais ! s'exclama-t-il enfin, tu penses à ton cours de danse, pas vrai ?

Je le regardai, étonnée.

– Comment tu...

– Je t'ai déjà dit, Je sais lire dans tes yeux. Je peux même voir ton cours de danse. Tu aimes faire les pas que tu connais déjà, mais tu détestes apprendre de nouvelles choses. Et tu vas inventer une excuse pour ne pas aller à ton cours ce soir.

– Mais comm...

– Moi, je serai danseur quand je serai grand, dit-il. J'adore la danse mais pas la danse classique. C'est trop nul. J'aime danser sur la musique pop... Tu aimes Michael Jackson ?

– Il est pas mal. Mais j'aime mieux Madonna.

– Ouais. Je peux faire le loup-garou, comme Michael Jackson dans son clip Thriller. Mais ma mère me dispute, parce que ça fait peur à mon petit frère. Il a que quatre ans. Maman met une couverture sur la télé quand il y a Thriller, pour pas que Mark ait peur, mais moi j'attends qu'elle s'en aille et j'enlève la couverture et alors il se met à brailler, ce crétin.

– Comment tu savais, pour mes cours de danse ?

– C'est tout simple. Je vois des images dans ma tête. Non. C'est pas des images. C'est plutôt des pensées, mais je sais qu'elles ne m'appartiennent pas. Des fois je les vois rien qu'en regardant les yeux des gens. Mark aussi, il est comme moi. Il est super bon. Mais il a que quatre ans et il sait pas très bien décrire ce qu'il voit... Et même, il sait rien décrire du tout, mais je sais qu'il est comme moi parce que... oh, parce que je le sais, c'est tout. Tu sais faire le Moonwalker ? Moi oui.

Mais Madame Wyndham frappa alors dans ses mains et nous demanda de placer toutes nos têtes en pâte à modeler sur une grande table, et après, on allait jouer à deviner qui était qui.

Bien sûr, ce fut Jamie qui gagna.

À la maison, ce soir-là, je n'arrêtai pas de parler de Jamie Canon, qui était assis à côté de moi en classe, qui savait lire dans les yeux et qui savait faire le Moonwalker.

À dire vrai, je ne l'avais pas vu faire le Moonwalker, mais je ne doutais pas qu'il serait génial.

Quelques jours plus tard Jamie arriva à l'école tout excité.

– Devine qui va habiter dans la maison juste en face de chez toi ?

– Je donne ma langue au chat. Qui c'est ?

– C'est moi... c'est nous. Mes parents viennent d'acheter la maison. Comme ça tu pourras venir chez nous, je te ferai écouter mes cassettes et je te montrerai comment faire le Moonwalker.

Je fus si contente que je ne sus pas quoi répondre. Alors, je dis un truc vraiment stupide :

– C'est là que ton père ouvrira son restaurant ?

– Quel restaurant ?

– Madame Wyndham a dit que ton père était un chef célèbre.

Il écarquilla les yeux et me fit un petit sourire méprisant :

– Il est pas chef cuisinier. Il est chef d'orchestre. Il fait de la musique classique et tout ça.

Je me sentis ridicule, mais j'essayai de m'en sortir par une pirouette :

– C'est quoi, « tout ça » ? Il reste debout toute la soirée à agiter une baguette et à faire des courbettes ?

– C'est mieux que de rester assis toute la journée à gribouiller sur une palette graphique, comme ton père.

Mon père est infographiste, mais je ne l'avais pas dit à Jamie.

Comment tu le sais ?

– Je l'ai lu dans tes yeux. Non, c'est pas vrai. Je le sais parce que ma mère a parlé avec des gens qui habitent en bas de chez toi. Je sais même où est ta chambre. Juste en face de la mienne.

C'était la vérité. Et Jamie me montra comment il faisait le Moonwalker. Il n'était pas aussi bon que Michael Jackson, mais presque.

– Pourquoi tu le ferais pas à l'école ? lui demandai-je comme il glissait sur ses pieds d'un bout à l'autre de sa chambre.

Il s'arrêta, l'air embarrassé.

– Tu vas me trouver bête, mais j'oserais jamais le faire devant tout le monde. Je suis trop timide. Et puis, quand je commence à danser... quand je suis vraiment dedans, j'oublie tout. Je ne sais plus où je suis. Mes parents disent que je plane dans un autre monde.

– Ma sœur est tout le temps comme ça. Ça m'exaspère, répliquai-je.

Je dis à Chrissie Sommers que Jamie pouvait lire dans mes yeux. Elle le dit à Emma Douglas qui le dit à Kevin Burrows et bientôt toute la classe fut au courant.

Je n'en savais rien mais, quelques jours plus tard, quelqu'un me fit passer un mot tout déchiré et tout corné. Manifestement, il avait fait le tour de la classe. Je lus :

faites gaffe les filles, Jamy Canon a les yeux persans
IL PEUT SAVOIR LA COULEUR
DE VOS PETITES CULOTTES

Je n'eus pas le temps d'empêcher Jamie de lire par-dessus mon épaule. Il rougit jusqu'aux oreilles et il ne dit plus rien de tout l'après-midi.

Ce n'était pas la plaisanterie qui l'avait gêné. Je le taquinais souvent et il ne se fâchait jamais. Mais ce jour-là, il avait été contrarié, parce qu'il m'avait dit quelque chose de très personnel et de très important pour lui et que je l'avais raconté à tout le monde. C'était comme si je l'avais trahi et j'en fus honteuse, mais il ne fit jamais allusion à cet incident.

Mais jamais plus il ne me dit qu'il pouvait lire dans mes yeux.

Pourtant je continuais mes astuces sur le métier de son père, et cela dura jusqu'à notre départ.

Je demandais :

– Comment ça va, dans les cuisines ?

– Prokofiev va bien, merci. Chostakovitch est un peu mal fichu.

– C'est qui, ça ? Des cuistots ?

– Ce sont des compositeurs, andouille.

– Et en quoi ça consiste ? Il chante « ah la bonne escalope » en mi bémol ?

– D'abord il chante pas. Il conduit l'orchestre... avec une baguette.

– Une baguette magique ? Et ça conduit l'électricité ?

– Non, mais moi, si !

Et il faisait mine de recevoir des décharges électriques sur la tête. Puis, il se tortillait comme si le courant passait à travers son corps, il roulait des yeux et il filait sur la route comme un lapin électrisé.

Jamie mettait fin à toutes les discussions en courant droit devant lui – mais, à chaque fois, il faisait semblant de trébucher et de s'étaler par terre et on riait comme des fous. Il avait un caractère en or et, de plus, il était très intelligent. Beaucoup plus intelligent que moi.

Bref, le père de Jamie avait été engagé pour diriger l'orchestre de Stuttgart, en Allemagne. Pendant les trois ou quatre premiers mois on s'était écrit régulièrement, puis j'avais encore reçu une ou deux lettres, et puis je me suis complètement laissée bouffer par ma vie à Swanleigh. Swanleigh est tout près de Stratford-sur-Avon où on peut maintenant trouver une mousse de toilette, voir des pièces de Shakespeare et aussi aller au Festival Pop de Phœnix – dont je vous parlerai tout à l'heure – et puis, quand j'ai eu onze ans, je suis allée au collège, j'ai eu de plus en plus d'activités et finalement je n'ai jamais répondu à la dernière lettre de Jamie.

J'avais un peu mauvaise conscience. Je me souviens que dans cette lettre il disait que son père n'allait pas très bien, et qu'il y avait quelque chose qui clochait, mais tout ça n'était pas très clair.

C'était pas facile à voir de ma fenêtre, mais il me semblait bien reconnaître son drôle de nez retroussé et ses taches de rousseur. Chrissie Sommers – ma meilleure amie qui, des fois ne l'était plus et qui le redevenait et puis ne l'était plus et ainsi de suite jusqu'à ce que je quitte Londres – disait qu'il ressemblait à ces petits pauvres qu'on voit sur les cartes postales anciennes, le nez collé aux carreaux des gens riches. Dans le cas de Jamie, d'après Chrissie, le nez était resté écrasé.

Je mourais d'envie de traverser la rue pour aller le voir, mais qu'est-ce qu'on allait se dire ? Déjà je trouvais bizarre de me retrouver dans mon ancienne maison – c'est à dire dans la moitié du deuxième étage d'une grande maison de la seconde moitié du XIXe siècle qui avait été divisée en huit appartements. Le bâtiment était assez imposant, comme un hôtel, mais du genre minable.

Mes parents avaient gardé l'appart pendant quatre ans, comme pied-à-terre à Londres, à ce qu'ils disaient – en fait c'est parce qu'il avait fallu tout ce temps pour le vendre –, alors on revenait souvent y passer quelques jours.

Puis des amis de papa et maman, Duncan et Nettie, avaient acheté l'appart, et mes parents étaient venus plusieurs fois leur rendre visite avec Sophie, mais moi, j'avais toujours trouvé des excuses pour ne pas les accompagner.

Je faisais souvent des rêves où je me trouvais dans notre appart. Dans ces rêves, j'y étais toujours « chez moi » et j'avais peur de le revoir transformé au point de ne plus le reconnaître.

C'est exactement ce qui s'était passé.

– On a fini de poncer presque tous les parquets, dit Duncan en sirotant des cocktails dans notre ancien salon qui ressemblait maintenant à un bar à la mode. C'est un travail d'enfer...

– Et c'est moi qui me le suis tapé, cria Nettie qui préparait des hors-d'œuvre dans la cuisine.

Il était plus de neuf heures et demie et nous devions dîner avec Duncan et Nettie, mais ça traînait, et pour l'instant on passait en revue tous les sujets : les arts, la musique, la politique, le cosmos, les nouveaux voisins et l'augmentation de la taxe d'habitation. Comme d'habitude, Sophie ne faisait même pas semblant de s'intéresser à la conversation et elle écoutait son walkman.

– T'es pas juste, Nettie. Quand est-ce que j'aurais eu le temps de le faire ? Ou bien je fais la navette sur l'Eurostar, ou alors je poireaute dans un aéroport paumé en Europe de l'Est.

Duncan travaillait dans l'import-export, mais je ne savais pas au juste ce qu'il faisait.

– Pourtant, il faudra bien que tu trouves un peu de temps pour préparer la chambre du bébé, fit Nettie qui arrivait avec un plateau ostensiblement posé sur la bosse qui pointait sous sa jolie robe à fleurs.

– Où allez-vous la mettre ? demanda maman d'un air un peu mélancolique.

Je sentais que ça lui faisait quelque chose, à elle aussi, même si elle avait déjà eu le temps de s'habituer aux changements.

– Dans la petite pièce de devant... commença Duncan.

– Dans ma chambre ! m'écriai-je étourdiment, et je rougis aussitôt. Excusez-moi, je...

– Ne t'excuse pas, Abi, dit gentiment Nettie. Je comprends pourquoi tu avais peur de revenir ici. Mais tu sais, tu seras toujours la bienvenue et tu pourras dormir ici chaque fois que tu le voudras, même sans tes parents, si ça te fait plaisir. Vous êtes d'accord, n'est-ce pas, Paul et Fiona ?

Mes parents acquiescèrent en souriant – ce qui me sembla particulièrement hypocrite, parce qu'ils sont toujours en train de me reprocher de ne rien faire en famille. Heureusement, Sophie avait son casque sur les oreilles sinon elle n'aurait pas manqué de dire « et moi ? »

– En tout cas, continua Nettie, pour l'instant cette pièce est plus ou moins comme tu l'avais laissée. Au fait, il y a encore quelques lattes qui bougent et il faudra qu'on les remplace, ajouta-t-elle en regardant Duncan droit dans les yeux.

– Je vais peut-être avoir un prêt de la Communauté Européenne, répondit-il, et il embraya sur la monnaie unique. Je commençais à en avoir vraiment marre. Je bredouillai une excuse, j'abandonnai Sophie aux grincements de sa vieille compil des tops de l'année dernière et j'allai faire un tour dans l'appart.

Tout avait changé : il y avait maintenant un magnifique parquet vitrifié recouvert de tapis luxueux au lieu de la vieille moquette élimée, des plantes mexicaines, des paravents japonais et des gravures italiennes sur les murs qu'on avait repeints en couleurs pastels.

L'appart avait l'air beaucoup plus classe que lorsque nous y habitions. J'aimais bien la façon dont ils l'avaient aménagé, mais je ne sais pas pourquoi, il y avait quelque chose qui sonnait faux. Un peu comme si vous faisiez la fête avec vos copains et que vos parents débarquaient, jeunes et dans le coup, au milieu de vous.

J'avais un peu les boules. Une partie de mon enfance s'était envolée.

J'étais arrivée au bout du couloir qui conduisait à la porte d'entrée. Ma chambre était à droite.

J'entrouvris la porte, pleine d'appréhension.

J'entendis un léger craquement, que je reconnus comme un vieil ami. À moitié soulagée, je fermai les yeux, je poussai résolument la porte, je retins ma respiration et j'appuyai sur l'interrupteur. Alors, j'ouvris les yeux.

Il faisait presque noir dans la chambre. Je me faufilai à travers deux rangées de cartons et comme je commençais à m'habituer à l'obscurité, je pus distinguer la douille sans lampe qui pendait tristement au bout de son fil. Nettie avait dit vrai – ou presque : la pièce était « plus ou moins » telle que je l'avais laissée. Il y avait des cartons partout, des rouleaux de papier peint, des piles de tableaux encadrés, des montagnes de disques, des chaises et une table.

Ils n'avaient pas touché à ma chambre, ils l'avaient simplement transformée en débarras.

– Oh là là, soupirai-je, et puis, en regardant attentivement, je retrouvai quelques repères familiers : mon vieux lit et quelques meubles que j'avais laissés, comme le chariot de bois où je rangeais mes livres et mes jeux. On l'appelait « Benny Binder ». C'était le nom d'un vieil ami de ma grand-tante à qui on l'avait offert en cadeau de mariage. Il était tout cassé. Papa avait promis de le réparer, mais il ne l'avait jamais fait. Un peu comme Benny Binder, probablement. J'étais super contente de le revoir.

Dans un angle, coincés entre la cheminée et l'armoire, je retrouvai quelques jouets abandonnés : quelques feutres desséchés, un tableau complètement recouvert de pin's, un pot rempli de perles, deux poupées Barbies, des peignes et une brosse à cheveux. Je ramassai la brosse et commençais à coiffer ma Barbie lorsque, tout à coup, je me souvins que j'avais seize ans.

Dehors, dans la grande rue qui conduisait au périphérique sud, les lampadaires s'étaient allumés. Je collai mon nez à la fenêtre pour regarder le flot continu des voitures : quelle différence avec Swanleigh, sa trentaine de maisons, son pub et son unique magasin ! Je me rappelai que la circulation, ici, était toujours si dense que papa et maman voulaient que je donne la main à Sophie pour traverser la rue quand on allait chez Jamie.

Je jetai un coup d'œil pensif sur la maison pleine de coins et de recoins où Jamie habitait autrefois. Elle avait changé, elle aussi, mais de façon indéfinissable. Elle n'était pas devenue la demeure de jeunes cadres dynamiques, au contraire, elle avait l'air... non pas abandonnée, mais plutôt morte... ou envoûtée... Je me sentis glacée et je croisai les bras. Pourtant la soirée était chaude et humide. Les fenêtres semblaient noires et vides comme les orbites de l'homme sans yeux...

Cette pensée me fit frémir. Quelques mois auparavant, j'avais passé une journée à Oxford avec mon amie Lizzie Bullet. Lizzie a une peau de pêche, des cheveux blonds et tout ce qui fait craquer les garçons. J'en suis malade, mais c'est une bonne copine et j'adore son humour mordant.

Et bien, voilà. On se promenait dans des petites rues et on ne savait plus très bien où on était quand tout à coup on s'est trouvées face à face avec un homme qui n'avait plus d'yeux dans les orbites. Je venais à peine de réaliser son état que l'homme m'adressa un sourire.

Ce fut affreux. Je me sentais coupable d'être aussi bouleversée et en même temps j'étais très perturbée car j'avais eu l'impression qu'il avait fait exprès de surgir devant moi pour me choquer. Je sais que ça a l'air ridicule. J'ai souvent vu des aveugles, avec ou sans lunettes noires, mais ce jour-là, c'était différent. Je n'ai jamais oublié cet homme et ces orbites vides, et j'ai encore du mal à croire que c'était vraiment un être humain.

La nuit était tombée. Tournant le dos à la fenêtre, je jetai un coup d'œil à ma chambre, me demandant si, vue de l'extérieur, elle avait le même air vide et lugubre.

C'est alors que, me retournant pour regarder à nouveau dehors, je vis Jamie qui dansait derrière sa fenêtre.

Lorsque je revins dans le salon, ils parlaient de la guerre civile et de la famine dans le Tiers-Monde.

– Où es-tu allée ? s'écria Sophie d'un air indigné. Ça fait des heures qu'on t'attend pour manger et à cause de toi, je meurs de faim !

La seule expérience de faim ou de sous-alimentation qu'avait pu avoir Sophie, c'est quand elle manquait de chocolat, mais l'odeur des lasagnes de Nettie et l'évocation des millions d'affamés avaient pris le pas, j'imagine, sur les quarante hits particulièrement ennuyeux de sa cassette.

Je lui lançai un de mes regards assassins.

– Je viendrai te voir à l'hôpital, dans le pavillon des anorexiques. Maman, est-ce que je peux sortir cinq minutes ? Je crois que je viens de voir Jamie Canon et j'aimerais bien aller lui dire bonjour.

– Mais, Abi, on va manger.

– Cinq minutes seulement, je te promets.

– Je peux y aller aussi ? réclama Sophie, comme il fallait s'y attendre.

– Non ! Ce cri du cœur nous échappa en même temps, à maman et à moi.

– Si elle peut y aller, pourquoi pas moi ?

– Personne n'a dit qu'une de vous pouvait y aller, dit maman en cherchant du regard le soutien de papa.

– Mais, Maman...

– Allez, Fiona, laisse-la y aller, dit papa. Je suis sûr que Duncan et Nettie ne se formaliseront pas, n'est-ce pas ?

Ils secouèrent énergiquement la tête et je remerciai papa d'un sourire.

– Bon, d'accord, mais ne reste pas trop longtemps, dit maman.

– Et moi ? Je veux voir Mark, dit Sophie d'un air buté.

– Pas de bol, il est pas là. Et de toute façon, tu ne te rappelles même plus comment il était.

– Mais si ! On était au CP ensemble. C'était mon premier amou...

Elle s'arrêta en rougissant.

Je ne pus résister :

– Dernière nouvelle ! m'écriai-je. À la une de tous les journaux : « Sophie Edwards dévoile enfin son secret : Mark Canon, mon premier et unique amour... »

– Arrête ou je te tue !

– Taisez-vous toutes les deux, gronda papa. Écoute, Abi, tu peux aller voir Jamie à condition d'emmener Sophie avec toi.

Sophie prit un air triomphant. J'étais dégoûtée.

Pendant un instant je me demandai si je n'allais pas lui trancher la tête, mais je me dis que ce serait trop salissant.

– Bon, viens, dis-je en me dirigeant vers la porte, mais tâche de ne pas me déranger, tu entends ?

– Moi ? Te déranger ? hurla-t-elle en se précipitant derrière moi.

Chapitre 2

Dehors il faisait déjà nuit. Je saisis instinctivement la main de Sophie pour traverser la rue et, machinalement elle se laissa faire... et me repoussa aussitôt. Mais, comme nous approchions du portail, je sentis Sophie frissonner et elle remit sa main dans la mienne. Je la serrai avec reconnaissance.

Je constatai avec une certaine curiosité que le portail était neuf : ce n'était plus le vieux portail en fonte rouillée dont je me souvenais, mais un portail plus grand à l'air beaucoup plus solide. En même temps, je remarquai que le jardin était entouré d'un grand mur.

Je me rendis compte alors que les murs étaient dissimulés par une épaisse masse de lierre qui se mêlait à la verdure du jardin, c'est pourquoi je ne les avais jamais remarqués. Le nouveau portail était très impressionnant avec ses épais barreaux d'acier, sa grosse serrure et son interphone.

Je pressai le bouton et nous attendîmes. La maison semblait encore plus lugubre qu'elle ne l'avait paru de ma fenêtre.

Je réalisai soudain qu'elle était à nouveau plongée dans l'obscurité, sans aucun signe de vie à l'une ou l'autre des fenêtres.

Comment était-ce possible ? Je n'avais pourtant pas rêvé. Jamie n'aurait pas eu le temps de sortir pendant que nous traversions la rue ! Et il n'était sûrement pas allé se coucher – il était à peine dix heures.

L'interphone grésilla et une voix de femme demanda :

– Oui ?

– C'est moi, Abi... Je suis venue voir Jamie.

Il y eut un long silence et la voix reprit :

– Un moment, s'il-vous-plaît.

On entendit un déclic et le portail s'ouvrit : je regardai Sophie. Elle haussa les épaules et nous avançâmes jusqu'à la porte d'entrée. Elle était fermée et, comme il n'y avait pas de sonnette, nous attendîmes dehors.

Le silence était angoissant. Tout à coup, on entendit un chien aboyer. Les aboiements semblaient venir du fin fond de la maison et ils s'arrêtèrent au bout d'une minute.

– J'aime pas ça, murmura Sophie. Tu as dit que tu avais vu Jamie, ajouta-t-elle en frissonnant. Non, j'aime pas ça du tout, répéta-t-elle. J'ai peur...

– Puisque je te dis que je l'ai vu. Il dansait derrière sa fenêtre. Je crois qu'il m'a fait signe de la main. Il va bientôt arriver. Et ton Marco chéri aussi.

Je frappai à la porte et les aboiements reprirent de plus belle.

Sophie me broya la main de ses doigts.

– Allons-nous en, dit-elle. Je ne sais pas ce qu'on fait là. Et en plus, je meurs de faim.

– Je ne t'ai pas demandé de venir, mais maintenant que tu es ici, je ne vais pas te laisser repartir toute seule.

En fait, j'étais bien contente que Sophie soit avec moi car les aboiements se firent encore plus féroces. Je pensai à Jonas, le terrier des Canon, qui jappait de façon aussi agaçante que Sophie, mais ce n'était pas Jonas. On aurait dit plutôt un berger allemand.

– Chut, dis-je à Sophie.

Derrière les aboiements, j'entendis des voix étouffées, puis une porte claqua. Il y eut un bref silence, un bruit de pas, et la porte s'ouvrit enfin.

Je ne m'étais pas trompée. Le Grand Méchant Jonas était un énorme chien loup. Il montrait les dents et grognait d'un air féroce. Heureusement, il était tenu en laisse. Malheureusement, sa propriétaire ne l'était pas et elle avait l'air encore plus féroce que son chien.

– Que voulez-vous ? aboya-t-elle.

Cette femme n'était certainement pas Frances, la mère de Jamie.

Vampirella avait dû s'évader de Hollywood pour s'installer chez Jamie. Plus tard, nous tomberions d'accord là-dessus, Sophie et moi. Elle mesurait bien quinze centimètres de plus que Frances et elle portait un tailleur noir élégant. Ses cheveux noirs, qui grisonnaient légèrement sur les tempes, étaient impeccablement ramenés en arrière, dégageant un visage à faire hurler de frayeur des enfants en bas âge.

– Je... on voudrait voir Jamie, bafouillai-je.

Elle nous dévisagea d'un air cruel.

– Vous devez faire erreur. Il n'y a personne de ce nom ici.

Elle avait une voix profonde, froide, avec, peut-être, un léger accent, mais j'étais trop stupéfaite pour m'inquiéter de ce détail.

– Mais... je viens de le voir... derrière la fenêtre.

Elle fixa ses yeux sur moi et fronça les sourcils :

– Ce n'est pas possible, dit-elle.

Le Grand Méchant Jonas eut l'air d'accord avec elle et il gronda encore plus furieusement.

– Mais, si ! Je l'ai vu, je vous assure !

Je sentis la colère monter en moi. J'essayai de regarder derrière la femme, mais le couloir était sombre et je n'entendis rien, à part les grognements du chien.

– Allez, viens, Abi, allons-nous en, siffla Sophie à mon oreille.

Je sais que c'était puéril, mais j'eus envie de pleurer et je m'entendis crier d'une voix aiguë :

– Je veux voir Jamie !

– Attendez un peu, s'il vous plaît, fit la femme.

Et, à mon grand étonnement, elle nous claqua la porte au nez.

Elle avait peut-être peur que nous la suivions dans la maison.

– On s'en va, Abigail ? Viens, s'il-te-plaît, dit Sophie d'une voix suppliante.

À sa politesse et parce qu'elle ne m'appelait pas « Abi », je vis qu'elle était aussi bouleversée que moi, mais je n'étais pas d'humeur à la taquiner.

– Écoute, Sophie, rentre à la maison si tu veux, lui dis-je. Je ne vais pas rester longtemps, c'est promis.

Elle ouvrit la bouche pour me répondre, mais, voyant que j'étais bien déterminée à rester, elle grommela :

– Tu fais toujours comme ça. T'es qu'une fasciste.

– Moi ? Faciste ?

– Exactement. Comme Hitler et Musselloni ou quelque chose comme ça. Et Margaret Thatcher.

– Tu ne sais même pas qui c'est, Margaret Thatcher. Tu es trop jeune !

– C'est pas vrai. Et je trouve que tu es exactement comme elle.

– C'est ça. Et pourquoi est-ce que je suis comme Margaret Thatcher ?

– Parce qu'elle disait « Partez si vous voulez. Moi, j'y suis, j'y reste ». Exactement comme toi. C'est ça que tu as dit.

– Où est-ce que tu as pêché ça ! À « Questions pour un champion » ? Ou bien dans «Trivial Pursuit » ?

– Je passe pas tout mon temps à regarder les jeux télévisés comme certaines personnes de ma connaissance.

– Non. Tu passes tout ton temps à écouter ta musique pourrie.

– Au moins c'est des êtres humains que j'écoute, pas des machines. Ou des espèces d'automates débiles qui ont l'air de zombies aux gros sourcils.

Les connaissances de Sophie en matière de bonne musique techno ou indie étaient un peu bloquées du fait que son cerveau était cliniquement mort.

– Qu'est-ce que tu en sais, de toute façon ? Tu comprends rien à la musique. T'as pas d'oreille. Tu ne t'intéresses qu'au look.

Mais la porte s'ouvrit à nouveau, interrompant notre édifiante discussion. Cette fois-ci, à mon grand soulagement, il n'y avait plus de chien dans les parages et au lieu de Vampirella, nous fûmes accueillies par un monsieur qui était le portrait craché de l'acteur qui jouait le Docteur Doolittle dans le film du même nom. Il avait peut-être eu une conversation amicale avec le Grand Méchant Jonas, et le molosse avait accepté de laisser tomber. M. Doolittle devait avoir au moins cinquante ans. On aurait dit qu'il avait passé beaucoup de temps au soleil ou sous une lampe à UV. Il avait de profondes rides sur le front et de grosses poches sous ses yeux bleus et perçants, et ses cheveux grisonnants flottaient sur son crâne pour compenser sa calvitie naissante.

Je ne pouvais détacher mes yeux de son visage.

– Si je comprends bien, vous pensez qu'un certain Jamie habite ici, dit-il d'une voix onctueuse.

– Il habitait ici, il y a sept ans, et... et je l'ai vu ici, ce soir même, derrière sa fenêtre.

Le Docteur Doolittle fit un sourire.

– Je suis vraiment désolé, euh...

– Abigail.

– Je suis désolé, Abigail, mais c'est impossible. Quel était son nom de famille ?

– Canon... Jamie Canon.

– Ah ! Bien sûr, les Canon. Cette maison faisait partie de l'héritage des Canon. Je l'ai achetée quand j'étais en Allemagne. Alors je veux bien croire que ce... Jamie Canon a habité ici... fit-il en souriant à nouveau. Mais maintenant, comme vous pouvez le voir, il n'est plus là.

– L'héritage ? demandai-je d'une voix éteinte. Est-ce que ça veut dire...

Il hocha la tête d'un air affligé.

– Je vois que vous n'êtes pas au courant et je suis désolé de vous apprendre cela, mais d'après ce que le notaire m'a dit, j'ai cru comprendre qu'ils sont morts tous les quatre dans un accident de voiture, il y a quelques années.

– Mais j'ai vu Jamie derrière sa fenêtre, là-haut. Vous voyez, j'étais chez moi, de l'autre côté de la rue, insistai-je en montrant la fenêtre de ma chambre, qui était maintenant complètement ensevelie dans le noir.

Est-ce que j'ai imaginé ce que j'entendis alors ? Dans les profondeurs de la maison, pour ne pas dire sous la maison, je crus entendre un cri étouffé.

Doolittle s'arrêta de parler et je perçus un changement sur son visage. Imaginez un type au volant de sa voiture lorsqu'il arrive à un virage dangereux. Eh bien, je l'ai vu, ce Doolittle, en train de se concentrer sur sa conduite et de décider de changer de vitesse.

– C'est impossible, dit-il d'une voix lente et monocorde, presque comme une incantation. C'est peut-être le lampadaire et les feuilles, les ombres, qui vous ont fait imaginer...

À mesure qu'il parlait ses yeux bleus me fixaient intensément comme s'ils voulaient me vriller le cerveau, et pendant quelques secondes, je crus que j'allais m'évanouir. La tête me tournait et j'avais du mal à respirer. Ses mots s'amplifiaient et se répercutaient dans mon esprit, comme dans la techno où les mots se font écho et se répètent à l'infini.

– Impossible... impossible... lampadaire... lampadaire... feuilles... feuilles... ombres... ombres... imaginer... imaginer... imaginer... imaginer...

Je fis un effort énorme pour sortir de cet envoûtement, et je jetai un coup d'œil à Sophie. Elle avait les yeux baissés et sa main était inerte dans la mienne. Je réussis à dire :

– Je n'ai rien imaginé...

– Je suis désolé, soupira Doolittle. Je dois vous laisser, maintenant.

Il s'inclina et il referma la porte derrière lui.

Dès qu'il eut disparu, ce fut comme si on avait été subitement libérées d'une espèce de joug, Sophie et moi, mais j'étais trop bouleversée pour dire un seul mot. Nous traversâmes la rue et montâmes chez nous en silence, mais sur le palier du deuxième étage, Sophie s'arrêta et me demanda :

– Tu as vu ce que j'ai vu ?

– Quoi ?

– Dans leur jardin, dans l'arbre. Il y avait, tu sais ? Comment ça s'appelle ? Une caméra de survivance ?

– De surveillance.

– Ouais. Dans l'arbre. Je me demande ce qu'ils veulent protéger.

Soudain, je me rappelai le cri étouffé.

– C'est peut-être comme Colditz, dis-je.

– C'est quoi ?

– C'était un prisonnier de guerre allemand. Ils ne veulent peut-être pas surveiller les gens qui rentrent. Ils veulent plutôt empêcher quelqu'un de s'évader.

Chapitre 3

– Bon, ou bien tu as simplement imaginé que tu voyais Jamie, dit papa comme nous étions tous autour de la table, que j'avais essuyé mes yeux et essayé de manger quelques lasagnes, ou bien tu l'as réellement vu...

– Dans ce cas, ça voudrait dire qu'il n'est pas mort dans un accident de voiture, dis-je.

– ... et qu'ils ne savent pas qu'il est là, continua papa d'un air sceptique.

– Ou bien qu'ils savent qu'il est là et qu'ils mentent, répliquai-je.

– C'est vrai que ce sont des gens bizarres, ces Polson, intervint Duncan, mais je ne pense pas qu'ils soient dangereux. Ils sont arrivés au début de l'année. Ils ne sont pas très liants. Un jour j'ai garé ma Volvo un peu trop près de leur allée, derrière chez eux, ce qui les empêchait de sortir leur voiture. Monsieur Polson est venu me voir, mais il a été très courtois, quoique plutôt distant. Il n'avait pas vraiment envie de bavarder.

Je me rappelai l'allée, derrière la maison des Canon. Ils habitaient au coin de la Rue de Somerset – la grande rue où se trouvait notre maison – et de Farley Rise, une rue en pente qui montait jusqu'à l'école. Autour de la propriété il y avait une clôture avec, sur Farley Rise, un grand portail ouvrant sur l'allée qui conduisait à leur garage. Le long de cette allée la clôture était cachée par des buissons et des arbustes. Autrefois, quand nous avions sept ou huit ans, Jamie et moi nous amusions à ramper dessous et nous avions trouvé une brèche dans la barrière.

Nous avions agrandi le trou et fait une cachette dans les buissons.

– Mais, Duncan, vous n'avez jamais vu les garçons ? demanda papa.

– Non. Mais je dois dire que je n'ai jamais cherché à les voir. Et toi, Nettie ?

– Moi non plus, désolée, fit-elle en m'adressant un regard plein de compréhension comme pour dire qu'elle regrettait de me décevoir.

Je haussai les épaules en souriant.

– Tout ce que j'ai remarqué, continua-t-elle, c'est qu'ils sortent tous les mercredis après-midi entre trois heures et six heures. Ils sont réglés comme une horloge.

– Ils vont peut-être à l'église, dit Sophie, cynique.

– Ou plutôt à la réunion des Disciples de Satan, marmonnai-je entre mes dents.

– Il y a encore une quatrième explication, intervint maman.

Tout le monde se tourna vers elle et je sus ce qu'elle allait dire. Maman faisait partie de toutes sortes de trucs genre New Age, tarot, méditation ou chiromancie. On se moquait d'elle, mais au moins, elle ne passait pas son temps à des réunions Tupperware, à parler bébés ou art floral, ou à papoter autour d'un café comme des tas de bonnes femmes de notre village.

– Tu as vu un fantôme, dit-elle.

– Non. Je suis sûre que non, affirmai-je.

Mais en disant ces mots je sentis le doute s'insinuer en moi.

– Je ne peux pas le croire, repris-je. Il avait l'air tellement réel, exactement comme il était avant.

– Il y a plusieurs sortes de fantômes, dit maman. Par exemple, ça aurait pu être le fantôme du Jamie d'il y a sept ans, celui dont tu te souviens, une sorte d'empreinte électrique...

– Non.

– Ou peut-être encore une projection venue de toi.

– Ce qui revient à dire que je l'ai imaginé.

– Pas exactement. L'esprit est très puissant – il est possible que tu sois une sorte de médium à travers lequel Jamie peut continuer à exister.

Je secouai la tête.

– Non. Je ne peux pas accepter cette explication.

– Il est possible aussi que l'entité factuelle de Jamie – c'est à dire Jamie lui-même, son esprit vivant – soit revenue dans sa maison.

– Non. Excuse-moi, mais, ça ne peut pas... et j'éclatai en sanglots.

– Je suis désolée, Abi, je ne voulais pas te faire de peine, dit maman avec douceur. Nous ne savons pas où est la vérité. Aucun de nous ne le sait. Mais il y a certainement une explication.

– Bon. Eh bien moi, je ne crois pas aux fantômes, affirma Duncan.

Sur le moment, je le regardai avec reconnaissance, croyant avoir trouvé en lui un allié, mais il ajouta :

– Tout cela était probablement le fruit de ton imagination.

Nettie lui lança un regard furieux.

– Polson a bien dit qu'ils étaient tous morts dans l'accident de voiture ? demanda papa.

– Il a dit « tous les quatre »... commença Sophie en me regardant droit dans les yeux. Ça signifie que...

– Il y en a encore un de vivant ! m'écriai-je.

Duncan et Nettie ne comprenaient plus rien.

– Ils avaient trois enfants, expliqua maman. Les deux garçons et une fille aînée, Nathalie. Il me semble bien qu'elle était partie avec eux à Stuttgart. Cela voudrait dire qu'un des Canon n'était pas dans la voiture.

– S'il y a réellement eu un accident de voiture, murmurai-je.

– Eh bien, je peux peut-être me rendre utile, dit Duncan. Je vais en Allemagne la semaine prochaine. Je vais essayer de me renseigner.

– Oh, vous feriez ça ? m'écriai-je.

– Je ne peux pas te promettre grand-chose. La police n'aime pas trop donner de renseignements aux particuliers, surtout à des étrangers, mais je connais un type qui travaille au *Der Spiegel*. En tout cas, je ferai mon possible.

L'école avait repris à Swanleigh et mes examens allaient bientôt commencer. Pendant quelques jours, je continuai à voir Jamie danser à sa fenêtre – son image surgissait dans ma tête comme un gremlin dans un jeu vidéo –, mais les examens me firent bientôt oublier tout ça, ainsi que Thomas, qui était devenu mon petit ami, sauf qu'on a cassé la veille de mon oral de français. Ça ne m'a pas vraiment contrariée : ça faisait quelque temps que j'avais envie de le lâcher. J'aime bien regarder des cassettes de science-fiction ou jouer à des jeux vidéo, de temps en temps, mais je n'aime pas passer vingt-quatre heures sur vingt-quatre devant un écran, et c'est ça que faisait Thomas. Il est très mignon, mais j'ai vite réalisé qu'il ne me plaisait pas vraiment, et de toute façon on n'aimait pas la même musique, aussi j'ai été soulagée quand c'est lui qui m'a lâchée.

Je sais que je vais avoir l'air d'une chienne, mais ce qui m'a le plus ennuyée, c'est que juste avant qu'on casse, j'avais réussi à me faire acheter deux billets pour le Festival Pop de Phœnix par mes parents, et j'avais déjà donné son billet à Thomas.

Alors j'ai dit à ma copine Lizzie – vous savez, celle qui a une peau de pêche, des cheveux blonds et tout ce qui fait craquer les garçons – d'aller draguer Thomas jusqu'à ce qu'il lui donne son billet. S'il s'attendait à passer une nuit de passion débridée avec elle, il en serait pour ses frais, parce que Lizzie n'aime que les garçons qui sont encore plus parfaits qu'elle et jusqu'ici elle n'a pas encore réussi à en trouver.

En tout cas, elle a accepté d'aller à une réunion du Fan Club de Star Trek avec Thomas, et là, elle a rencontré un mec hyper beau, et ça tombait bien parce que Thomas l'a tout de suite plaquée pour sortir avec une nana qui adorait Star Trek, si bien qu'à la fin tout le monde a eu ce qu'il voulait.

Quand nous sommes allées à Phœnix, il faisait un temps merveilleux. Un jour comme on voudrait qu'il dure toujours, même si on sait que c'est impossible, sauf quand on fait la queue aux toilettes et que là, ça dure toujours, et qu'on sait qu'on n'y peut rien. On a réussi à voir tous les groupes qu'on voulait, on a goûté à toutes sortes de bouffes exotiques sous des tentes et on a réussi à éviter de gaspiller notre fric en achetant des trucs sur les stands ethniques ou New Age comme il y en a dans tous les festivals.

Et puis on a décidé d'aller danser sous la tente de Megadog.

Personnellement, j'aime pas les raves où on prend de la drogue. Je n'ai jamais touché à la drogue moi-même, mais j'en connais qui en ont pris, des plus vieux mais aussi des plus jeunes que moi, et j'ai vu des cas où ils ont été sérieusement malades.

Pour ma part, je pense qu'on peut s'amuser et faire la fête sans avoir besoin de se détraquer complètement le système en plus. Je connais plein de gens qui vont à des raves parties et qui ne prennent jamais d'ecstasy.

Il me tardait de danser sur la techno, car j'aime ça. Je me suis vraiment éclatée. Très vite, Lizzie et moi sommes rentrées dans la musique qui enchaînait sans relâche des rythmes planants et zen à la transe ou à la techno et à la jungle démentielles.

D'abord, je ne l'avais pas remarqué. C'était juste un garçon qui dansait comme un fou quelque part dans mon champ visuel.

Et puis, je l'ai reconnu.

C'était Jamie.

Il était exactement comme je l'avais vu derrière la fenêtre de sa chambre, de l'autre côté de la rue, heureux, plein d'entrain, mais comme s'il était dans un monde à part, comme s'il n'avait pas conscience de ce qui se passait autour de lui.

Je tirai Lizzie par le bras, mais elle était enfermée dans sa petite bulle.

– C'est lui, Lizzie, hurlai-je pour me faire entendre par-dessus la musique.

– Quoi ?

– Jamie, le garçon dont je t'ai parlé. Tu sais, mon ancien voisin, celui que j'ai revu la dernière fois que je suis allée à Londres.

– Où ça ?

Je tendis le doigt vers Jamie, mais il était maintenant à moitié caché par d'autres danseurs.

– Lequel c'est ?

– C'est celui qui a le T-shirt orange psychédélique.

Elle le repéra et elle hocha la tête.

– Il a l'air sympa. Pourquoi tu ne vas pas lui parler ?

– Qu'est-ce que je vais lui dire ?

– Dis-lui qui tu es. Va voir si c'est bien lui.

J'hésitai. Il avait l'air si heureux, si libre, que je n'avais pas envie de rompre son enchantement. J'étais peut-être intimidée, aussi. En tout cas, lorsque je me décidai à suivre les conseils de Lizzie, Jamie n'était plus là.

J'essayai de le retrouver, mais la piste de danse était mal éclairée et il avait disparu dans la foule.

Mais était-ce bien lui ? Mon imagination me jouait-elle encore des tours ? Tant de questions se pressaient dans ma tête que je n'arrivais pas à y voir clair.

Lorsque je rejoignis Lizzie, j'avais renoncé à chercher Jamie.

Lizzie avait un drôle d'air mais comme je ne comprenais rien à ce qu'elle disait, elle m'entraîna hors de la tente, pour se faire entendre.

– C'est un drôle de mec, ton copain, dit-elle.

– Pourquoi ?

– Je l'ai vu sortir de la tente. On aurait dit un zombie, ou un robot déconnecté.

Au moins, Jamie ou pas Jamie, Lizzie l'avait vu, elle aussi, mais c'était une maigre consolation.

– Peut-être qu'il était encore dans la musique, dis-je tristement.

Lizzie me regarda droit dans les yeux et elle secoua la tête.

– Non, ce n'était pas la transe… ça ressemblait plutôt… à la mort.

Chapitre 4

Duncan ne nous avait pas encore rendu compte de son enquête en Allemagne à propos des Canon. Après le Festival de Phœnix, les vacances d'été arrivèrent et j'éprouvai une étrange impression de vide, comme si j'avais réussi à trouver quelque chose qui m'était très cher et que je l'avais reperdu.

Pendant les deux premières semaines nous allâmes camper en France – en Bretagne – avec mes parents. Mais contrairement aux années précédentes, je ne m'amusais pas et il me tarda de revenir à Swanleigh. À notre retour Lizzie m'annonça qu'elle avait des billets pour le Festival de Reading à la fin du mois et ma première pensée – je sais bien que c'était complètement idiot – fut que j'allais peut-être y revoir Jamie.

Les résultats de mes examens arrivèrent la troisième semaine d'août. Ils étaient convenables : un A (en anglais) cinq B, et deux C. Et comme j'avais déjà réussi à convaincre papa et maman de me donner un peu de fric en plus de mon argent de poche en fonction de mes résultats, j'avais assez d'argent maintenant pour m'acheter des fringues correctes pour aller au Festival de Reading.

Inutile de dire que Sophie avait voulu s'incruster, ce qui aurait tout gâché, mais mes parents étaient venus à ma rescousse en lui disant qu'elle pourrait y aller l'année prochaine.

Comme la date du Festival approchait, j'étais de plus en plus excitée à l'idée que j'allais peut-être revoir Jamie.

C'était absurde. Cela avait été un pur hasard si je l'avais aperçu sous la tente de Megadog, à Phœnix, et les chances de le revoir à Reading étaient encore plus infimes que celles de gagner le gros lot au loto.

Mais quelque chose avait changé en moi. C'était comme si, depuis que j'avais revu Jamie à Londres, j'avais glissé dans une autre dimension, dans un autre monde où, bizarrement, je savais que je devais le retrouver.

Une nuit, en Bretagne, j'avais même rêvé qu'on était dans mon ancien appart et qu'on jouait à cache-cache. C'était mon tour de le chercher et je l'entendais qui m'appelait de ma chambre :

– Abi ! Je suis là ! Trouve-moi !

Je fouillais toute la chambre mais je ne le voyais nulle part.

– Je suis là ! Sous tes pieds !

Je regardais par terre et je remarquais une fente dans le parquet, juste sous mes pieds. Elle s'agrandissait de plus en plus, et comme j'essayais désespérément de sauter par-dessus, je trébuchais et je tombais dans le trou.

Je hurlais, mais personne ne m'entendait et je m'enfonçais dans le noir...

Je me réveillai, terrifiée, avec l'impression que Jamie m'appelait encore et me disait de continuer à le chercher.

Et puis, la voix de Polson retentit, de façon hypnotique, dans mon esprit :

– Impossible... impossible... lampadaire... lampadaire... feuilles... feuilles... feuilles... ombres... ombres... imaginer... imaginer... imaginer... imaginer...

Le Festival de Reading, pour Lizzie et moi, était un événement beaucoup plus important que celui de Phœnix, parce qu'on allait camper là-bas pendant trois jours. Papa et maman avaient un peu ronchonné et dit que j'étais trop jeune pour aller seule à un festival pop pendant trois jours, mais je leur avais répliqué que tout se passerait très bien et que de toute façon j'étais avec Lizzie, que les parents de Lizzie étaient d'accord, alors pourquoi pas eux ? À la fin ils avaient cédé et Lizzie m'a dit que ses parents avaient réagi de la même façon et qu'elle avait répondu la même chose que moi.

À peine arrivée à Reading, je me rendis compte que j'avais été ridicule de penser que je pouvais tomber sur Jamie. Je chercherais bien, de temps en temps, un T-shirt orange fluo dans la foule, mais il y avait là trop de choses pour me distraire, et en particulier Robbie Connors.

Robbie avait un an de plus que moi. Il était en terminale au lycée de Swanleigh où j'allais rentrer en septembre. Normalement, il n'aurait jamais dû me remarquer, et encore moins me parler.

Reading semblait briser toutes ces barrières et je commençais à me demander pourquoi j'avais passé tout ce temps à penser à quelqu'un qui n'était qu'un souvenir de mon enfance et dont l'existence actuelle n'était peut-être qu'une invention de mon imagination.

Si Polson avait dit la vérité, Jamie était mort dans un accident de voiture.

Quand j'avais cessé de voir Thomas, je n'avais pas été pressée de trouver un autre petit ami. Je connais des filles qui ne peuvent pas vivre si elles n'en ont pas, mais je pense que les amis, les vrais, masculins ou féminins, sont plus importants, et je préfère attendre l'Amour, avec un grand « A ». Peut-être que je suis désespérément romantique, ou romantiquement désespérée, mais franchement, ça m'est égal.

Quoiqu'il en soit, pendant les deux premiers jours à Reading, nous devînmes très bons copains, Robbie et moi, et j'insiste pour dire « juste copains », surtout après qu'il m'ait avoué qu'il aurait aimé sortir avec Sarah Matthews, qui est aussi en terminale, et dont la sœur Jackie est dans ma classe. Sarah et Jackie étaient à Reading, aussi j'aidai Robbie à conquérir Sarah.

Malheureusement cela marcha très vite, si bien que le dimanche, le dernier jour du Festival, je me retrouvai avec Lizzie. Mais pendant ce temps, Lizzie avait enfreint sa règle d'or et s'était trouvé un hippie aux cheveux longs qui avait au moins deux ans de plus qu'elle et qui avait sauté sur l'occasion. J'eus tout de suite l'impression de tenir la chandelle et je décidai d'aller faire un tour toute seule.

Contrairement à Phœnix où on pouvait entendre toutes sortes de musiques, à Reading il y avait surtout du rock et de l'indie, et il n'y avait pas de tente de danse où j'aurais pu m'amuser. J'avais remarqué un club de danse mais il fallait payer pour entrer et j'avais laissé tomber, mais maintenant, sans Lizzie et sans Robbie, l'idée de Jamie s'imposa de nouveau à moi.

– Abi ! Je suis là ! Trouve-moi !

Je me sentis dépensière et irresponsable mais je casquai et j'entrai. D'abord, il y avait une telle foule que j'eus du mal à distinguer les traits des danseurs, dans le tourbillon des spots clignotants.

Sur le mur du fond, un écran géant renvoyait des images psychédéliques en continuel mouvement tandis que des hauts-parleurs de 10 kilowatts déversaient des trombes de transe, de techno ou de Goa à grand renfort de décibels. Dans ce vacarme assourdissant, la sueur des danseurs en délire rendait l'atmosphère moite.

J'avais l'air coincée, toute seule au bord de la piste, aussi je me risquai à danser, et au bout de quelques minutes, je commençai à me perdre dans la musique.

Je fermai les yeux et il me sembla voir Jamie danser devant moi, la main tendue et souriant. La vision était si réelle que je fus forcée de rouvrir les yeux.

Ce fut comme si j'avais touché un fil sous tension de deux cent quarante volts.

Il était là, qui dansait devant moi. Un sourire béat illuminait son visage mais une fois de plus je ne savais pas si c'était à moi qu'il souriait.

Mais aujourd'hui, j'allais en avoir le cœur net.

Je tendis les mains et je touchai ses joues. Il sursauta, puis il se mit à rire et continua à danser.

Je me sentais vraiment ridicule. Et si ce n'était pas Jamie ? Qu'est-ce que j'allais lui dire, maintenant ? Je continuai à danser, bien décidée à ne pas le perdre de vue aujourd'hui. De temps en temps il se retournait et il s'éloignait un peu de moi, et à plusieurs reprises un autre danseur s'interposa entre nous mais chaque fois je me faufilai parmi les danseurs pour rester aussi près de lui que possible.

Pour une raison que je ne m'explique pas, j'étais encore trop intimidée pour lui parler.

Soudain, alors que mon énergie commençait à faiblir et que je me demandais pendant combien de temps il allait continuer à danser, il se retourna et il se dirigea vers la sortie.

Je me précipitai sur ses talons, bousculant les danseurs au passage, sachant que si je le perdais maintenant, je ne me le pardonnerais jamais. Je n'étais plus qu'à quelques mètres de lui, fonçant dans l'escalier de sortie lorsqu'il s'arrêta et se retourna.

Il fronçait les sourcils.

– Tu me suis ?

– Non... enfin... oui ! bégayai-je.

Il sourit.

– Je ne savais pas que j'avais un tel magnétisme !... Qui es-tu ?

Je le regardai, mal assurée.

– Je m'appelle Abigail Edwards, répondis-je lentement, en cherchant à voir dans ses yeux si je lui rappelais quelque chose.

Il ne broncha pas.

– Eh bien, salut, Abigail, ravi de te connaître.

– Tu ne t'appelles pas... Jamie Canon ?

Pendant une seconde, je jure qu'il eut l'air troublé, mais presque aussitôt la sérénité revint sur son visage et je pensai que je m'étais peut-être trompée.

– C'est un drôle de nom. Un nom de cowboy... ou de photocopieuse.

Mon cœur flancha.

– C'est le nom d'un garçon que j'ai connu à Londres, expliquai-je, très embarrassée. On était dans la même école et il habitait en face de chez moi. Ça faisait des années que je ne l'avais pas vu, et puis, j'ai cru le voir dans son ancienne maison et... il te ressemblait... et il dansait comme toi.

– Pauvre type. Je pensais être le seul à danser comme ça. Il faudrait qu'on se rencontre et qu'on se montre quelques pas de danse... Je suis désolé, ajouta-t-il en voyant la tête que je faisais. Je ne voulais pas être méchant.

– Eh bien tu l'as été, murmurai-je.

Pendant un moment, nous ne sûmes pas quoi dire, ni l'un ni l'autre, puis il se jeta à l'eau :

– Écoute, j'étais vraiment sincère quand je t'ai dit que j'étais ravi de te connaître. Je ne connais personne ici.

– Alors... comment tu t'appelles ? demandai-je, un peu radoucie.

Il sourit à nouveau et fit un saut périlleux.

– C'est pas une réponse, m'écriai-je, à la fois amusée et exaspérée.

Il tourna alors les talons et il se sauva à toutes jambes et je courus derrière lui pendant cinq bonnes minutes sans pouvoir le rattraper. Tout à coup, il trébucha à quelques mètres devant moi et je tombai sur lui, si bien qu'on se retrouva tous les deux dans l'herbe à rire comme des fous.

Quand je repris mon souffle, je le regardai attentivement. Il avait agi exactement comme Jamie l'aurait fait.

– Tu es sûr que tu ne t'appelles pas Jamie Canon ? demandai-je.

– Et toi, tu es sûre que tu t'appelles Abigail Edwards ?

Je soupirai :

– Alors, qui es-tu ?

Il hésita. Puis, il me fixa avec un regard étrange, comme s'il essayait de se rappeler quelque chose.

– Je suis... un émetteur.

Je crus que je n'avais pas très bien entendu.

– Tu es quoi ?

– Un émetteur, répéta-t-il d'une voix blanche.

– Je ne comprends pas ce que tu veux dire.

– Un émetteur... Je transmets des messages... Transmission... Transe mission...

Son visage était devenu absent, comme s'il était entré en transe. Puis, il eut l'air déconcerté, comme si, lui non plus, n'avait pas compris ce qu'il avait dit.

– Qu'est-ce que ça peut bien vouloir dire ? soupirai-je.

Il grimaça.

– Je n'en sais rien. C'est peut-être toi qui as la clef.

– Tu sais, le père de Jamie, Richard, était chef d'orchestre. Cela a-t-il un rapport ? Tu conduis quelque chose, toi aussi ?

Je sais que c'était idiot comme question, mais je cherchais désespérément à réveiller sa mémoire, avec des petits détails, et je crus voir un instant – mais je l'imaginai peut-être – une étincelle fugitive s'allumer dans ses yeux.

Soudain je me rappelai l'expression de son visage lorsqu'il dansait, tout à l'heure, comme s'il avait été sur une autre planète.

– Dis-moi... tu as... tu n'aurais pas pris... quelque chose ? demandai-je d'un ton inquiet.

Ce fut son tour d'avoir l'air embarrassé.

– Qu'est-ce que tu veux dire ?

– De la drogue... du shit... de l'ecstasy, je ne sais pas, moi. Tu te shootes ?

Il prit un air dégoûté.

– Bien sûr que non. Pourquoi tu me demandes ça ?

– Tu as l'air si... heureux, et en même temps on dirait que tu es un peu perdu.

Je vis qu'il réfléchissait à ce que j'avais dit.

– Eh bien, je suis très heureux ici, maintenant, avec toi. Et si je suis perdu, je préfère qu'on ne me retrouve pas.

– Et tu ne te piques pas ?

Il se leva et il m'aida à me relever.

– Écoute. Je ne connais rien à la drogue et je n'y ai jamais touché. Tout ce que je sais, c'est que j'ai toujours aimé danser sur cette sorte de musique et quand je danse c'est comme si je sortais de ma tête. Ça me permet d'oublier tout ce qui me fait mal.

– Qu'est-ce qui te fait mal ?

Il haussa les épaules.

– Oh, tu sais... tu n'as pas envie d'oublier qui tu es, quelquefois, et d'être simplement... heureuse d'exister ?

Je réfléchis.

– Non, je crois que je n'ai jamais eu envie d'oublier qui j'étais. Sauf des fois, quand je suis avec Sophie – c'est ma petite sœur – et qu'elle dit des choses hyper embarrassantes et que je veux disparaître dans un petit trou, à trois mètres sous terre.

À ces mots, ses yeux s'éclairèrent.

– C'est de là que je viens, dit-il.

– D'où ?

– De quelque part là-dessous, fit-il en pointant son doigt vers la terre...

Il ne voulait toujours pas me dire son nom ni d'où il venait et tout ce qu'il disait semblait avoir une sorte de double sens bizarre, mais je ne crois pas qu'il voulait se rendre intéressant. Je crois qu'il essayait de répondre le plus honnêtement possible à mes questions. Et bien qu'il m'ait dit qu'il n'était pas Jamie, quelque part dans mon esprit je persistais à croire que c'était lui.

– Bon, alors, si tu ne veux pas me dire ton nom, comment faut-il que je t'appelle, demandai-je comme nous nous dirigions vers une des scènes principales.

Il réfléchit pendant un moment comme s'il avait accepté une fois pour toutes qu'il n'avait pas le droit de me dire son nom.

– Eh bien, puisqu'on s'est rencontrés sur de la transe, appelle-moi Trancer.

– Trancer ?

– Oui ? répondit-il comme s'il aimait déjà ce nom.

Nous éclatâmes d'un même rire et après ça, nous passâmes le reste de l'après-midi ensemble. Je décidai que je l'aimais bien, quel que soit son nom.

Avec lui, le temps fila comme l'éclair : nous regardâmes des groupes, nous fîmes des tours sur les autos tamponneuses, et nous bavardâmes sans arrêt.

Je ne saurais pourtant pas vous dire de quoi nous avons parlé, parce que ça aurait l'air bête. Je ne savais toujours rien sur lui, sauf les choses importantes : sa joie de vivre débordante et sa brillante intelligence.

Vers la fin de l'après-midi, je le sentis devenir nerveux par moments, et comme le soir tombait, nous cessâmes de parler. D'abord, ce fut un silence partagé, comme en ont ceux qui n'ont pas besoin de se parler pour se comprendre, mais tout à coup, ce fut différent. En quelques minutes il se ferma et je vis que j'aurais pu lui dire n'importe quoi, il n'aurait pas répondu. Puis les traits de son visage se crispèrent et ils finirent par perdre toute expression.

– Trancer, ça va ? demandai-je, inquiète

Il fixa un point devant lui comme si je n'étais pas là.

Je me rappelai les paroles de Lizzie.

Il ressemblait à un zombie, ou à un robot déconnecté... Ce n'était pas la transe... ça ressemblait plutôt... à la mort.

Un frisson d'horreur glacé me parcourut comme je commençais à entrevoir la vérité. Sous mes yeux, Trancer devenait le zombie inanimé que Lizzie avait vu sortir de la tente de Megadog.

– Trancer ?

Il tourna lentement la tête vers moi.

Ses yeux étaient devenus vides comme ceux de l'aveugle d'Oxford.

Soudain, j'entendis un groupe de jeunes s'esclaffer derrière nous et je me retournai pour voir ce qui se passait.

Lorsque je voulus regarder Trancer, il avait disparu.

Chapitre 5

Je passai la dernière soirée du Festival de Reading à chercher Trancer. Pourtant, je savais au fond de moi que je ne le retrouverais pas. Et même si je l'avais retrouvé, je n'aurais pas su quoi lui dire, et j'avais très peur de le revoir tel qu'il m'avait quittée – comme un corps sans âme.

Pourtant, j'étais certaine que son horrible transformation n'était pas due à la drogue. Pendant les quelques heures que nous avions passées ensemble, j'avais établi des liens de confiance et d'amitié avec lui. Et j'étais convaincue que les forces qui l'avaient vidé de sa présence et de son énergie étaient liées au « mal » auquel il avait fait allusion – à ces choses qu'il avait voulu oublier en venant au Festival. Pouvait-il seulement se les rappeler ? J'en doutais. Je pensais qu'il menait une double vie, et que chacune de ces deux vies ignorait tout de l'autre.

Mais ce n'était que des suppositions. Trancer avait de nouveau disparu et je n'avais aucun moyen de reprendre contact avec lui. J'étais encore persuadée que lui et Jamie étaient la même personne, mais comment le prouver ?

Lorsque je fus chez moi, les paroles de Trancer me revinrent à l'esprit :

Je suis un émetteur... Je transmets des messages... Transmission... Transe mission.

Pourquoi avait-il dit cela et qu'est-ce que ça signifiait ? Je réfléchis longuement et je finis par chercher dans mon encyclopédie. Voici ce que je trouvai :

Émetteur Radiotechn. Ensemble d'appareils servant à produire et à transmettre, au moyen de signaux électromagnétiques, des messages télégraphiques, des sons ou des images.

Je n'ai jamais été bonne en physique. Je préfère les arts plastiques, l'anglais et le français, que je continuerai à étudier plus tard, aussi après avoir passé un temps fou à essayer de comprendre cette définition, je décidai de demander des explications à mes parents. Papa est très fort pour expliquer les trucs scientifiques, mais ça ne m'a pas permis de comprendre comment un être humain pouvait être un émetteur.

En fait, c'est maman qui sembla voir de quoi il s'agissait.

– Je pense que ce que tu veux savoir, Abi, c'est comment une personne peut produire et transmettre des messages, à la façon d'un émetteur radio – mais personne ne connaît vraiment la réponse. Après tout, la science refuse d'admettre qu'il y a des gens capables de le faire. Pourtant, même s'il y a là un mystère, on est obligé de dire que ça se produit. On sait que le cerveau transmet des ordres aux cinq sens de notre corps, ce qui nous permet de parler, de bouger et d'agir, mais il a été prouvé, aussi, que certaines personnes peuvent transmettre leurs pensées à d'autres sans passer par la parole...

– Tu veux dire par télépathie.

– Exactement.

– Alors, tu crois que c'est ça que voulait dire Trancer, quand il disait qu'il était un émetteur ? Qu'il pouvait transmettre des pensées à d'autres personnes ?

– Eh bien, je me demande...

– Allons, Fiona, soupira papa d'un air sceptique, tu n'en sais rien. Personne n'en sait rien. Et je pense que tu ne devrais pas mettre des idées pareilles dans la tête d'Abi.

– Tu veux dire que maman fait de la télépathie ? intervint Sophie.

– Personne ne te parle, lui rappelai-je d'un air menaçant. Et de toute façon, est-ce que tu devrais pas rentrer chez toi ?

Avec Sophie, ça marchait toujours. Elle hurla avec indignation :

– Mais je suis chez moi ! Et tu ne peux pas toujours en dire autant. Et de toute façon, tu n'as pas des devoirs à faire, toi ?

– Et bien non, pour une fois. Je suis encore en vacances et on n'a pas encore eu la liste des lectures au programme, alors, tu ferais mieux d'aller te cacher dans ton trou à rats.

– Abi ! s'écrièrent en chœur mes parents.

– Ça va, j'ai tort... Mais je parle sérieusement, maman. Si on peut transmettre des pensées, est-ce qu'on peut aussi transmettre de l'énergie ?

– Absolument. Et je suis sûre qu'on le fait tous.

– Mais si Trancer... si on utilise Trancer pour transmettre de l'énergie, tu crois que ça pourrait expliquer pourquoi il a été vidé de toute son énergie quand il s'est transformé en zombie ?

– Abi, vraiment, je ne sais pas, dit maman.

Mais j'avais bien vu le regard que lui avait lancé papa et ça voulait dire « arrête » ou quelque chose comme ça.

– C'est comme ça que ça s'est passé quand tu es devenue une zombie ? ricana Sophie.

– Sophie, s'écrièrent cette fois mes parents d'une seule voix.

Et la discussion s'arrêta là.

Quelques jours plus tard arriva une lettre de Duncan, adressée à « Paul, Fiona et Abigail Edwards ». Sophie voulait savoir pourquoi on ne l'avait pas mentionnée et je dus lui rappeler qu'il n'y avait aucune raison d'écrire à quelqu'un qui ne sait pas lire.

Chers Paul, Fiona et Abi,

Mille excuses pour ne pas vous avoir envoyé plus tôt les renseignements concernant les Canon. J'ai été débordé par nos exportations de marchandises en Allemagne. Un vrai cauchemar avec les nouvelles réglementations de la Communauté Européenne... mais vous savez déjà ce que j'en pense.

Comme je m'y attendais, mon enquête au sujet du soi-disant accident de voiture a été un fiasco complet et ce n'est que le mois dernier que j'ai eu le temps d'aller à Stuttgart où, comme vous le savez, les Canon s'étaient installés.

Il se trouve que Richard Canon et moi avons (avait, en ce qui le concerne), un ami commun... (une relation, en ce qui me concerne). Il s'appelle Hans Schmidt, et j'ai pu aller le voir lors de ma dernière soirée à Stuttgart. Schmidt m'a révélé des choses très intéressantes.

D'après lui, Richard serait mort dix-huit mois après son arrivée à Stuttgart, d'une crise cardiaque, vraisemblablement. Frances, restée veuve et seule en pays étranger avec deux jeunes enfants, s'est vue offrir l'amitié d'un couple spécialisé dans les conseils aux personnes en deuil – et, écoutez bien – ces personnes merveilleuses, chaleureuses et généreuses n'étaient autres que Gerald et Monica Polson.

Les Polson, paraît-il, sont psychologues et ils ont touché à pas mal de choses – recherches en gérontologie, en génétique et autres... Ils dirigeaient aussi un de ces cours sur le « développement humain et la croissance personnelle », ce qui leur a permis d'amasser un bon paquet de Deutsche marks, à ce qu'on dit. Il semblerait aussi qu'ils aient fait des recherches sur le psychisme en amateurs.

Donc, comme je le disais, ils ont commencé par aider Frances à surmonter son deuil, mais Nathalie, la fille (dont vous aviez parlé), semblait être particulièrement réfractaire au charme douteux des Polson. Il est même possible qu'elle se soit brouillée avec sa mère à cause de leur influence croissante sur le reste de la famille.

Il se peut que Nathalie soit revenue en Angleterre mais il est plus probable qu'elle ait décidé de voyager grâce à sa part de l'héritage de Richard. Après ça, je suis désolé, mais Schmidt m'a dit qu'on avait perdu leur trace.

Cependant, si vous vous rappelez, je vous avais parlé d'un collègue qui travaille au *Der Spiegel*, et par hasard, il a trouvé un article concernant la mort d'une femme non identifiée dans un appartement de Stuttgart, deux ans après la mort de Richard. Je vous envoie la coupure de journal et je vous laisse juger par vous même si vous pouvez en tirer quelque chose.

Schmidt m'a donné un dernier renseignement sous forme de conseil : « Évitez les Polson. Ce sont des gens dangereux. Et, ce qui est pire, ils ont des appuis haut placés ». Mais il n'est pas rentré dans les détails.

Nettie vous envoie ses amitiés et m'a demandé de rappeler à Abi qu'elle sera toujours la bienvenue chez nous.

Bien à vous, Duncan

La coupure de journal était en allemand, bien sûr, et papa l'a traduite. On disait seulement que le corps de la femme, âgée d'environ quarante ans, n'avait pas été identifié.

Mais ce qu'il y avait de plus intéressant, c'était la photo qui accompagnait l'article. On y voyait la police et des brancardiers qui emportaient le corps dans une ambulance. Et là, parmi les badauds, je distinguai deux silhouettes, qui, bien que la photo ne soit pas très nette, auraient pu être les Polson. Ils tenaient deux jeunes garçons par la main.

Plus je regardais la photo, plus j'étais convaincue que les deux enfants étaient Jamie et Mark et que les deux adultes étaient les Polson.

Je me tournai vers ma mère, puis vers mon père, choquée de voir leur manque total de réaction.

– Je savais qu'ils mentaient, dis-je avec véhémence. Allons trouver la police !

– Sur cette seule preuve ? répondit papa en hochant la tête. Ils se moqueraient de nous, Abi. Laisse tomber cette histoire.

J'aurais voulu hurler. Ils ne voyaient donc pas que tout concordait ? J'étais sûre, maintenant, que les Polson avaient ramené Jamie et Mark à Londres et qu'ils les gardaient prisonniers dans la maison qui se trouvait en face de notre ancien appartement.

Mais alors, comment avais-je pu voir Jamie – ou quelqu'un qui lui ressemblait trait pour trait – trois fois, et dans trois endroits différents ?

Il devait y avoir un moyen de rencontrer Jamie et Mark. Que leur faisaient les Polson ? Que se passait-il dans cette maison ?

Si Trancer était réellement Jamie, Les Polson étaient-ils responsables de tout ce « mal » qu'il voulait oublier ? Était-ce à cause des Polson que la vie s'était retirée de lui ?

J'eus soudain le sentiment atroce qu'il se passait réellement des choses horribles dans cette maison.

Et je savais que la vie de Jamie était en danger...

Chapitre 6

La rentrée au lycée s'annonçait difficile. Pas simplement parce que le programme était très chargé, qu'il y aurait plus de travail et plus de devoirs à faire, mais parce qu'il fallait que je m'adapte à une nouvelle classe. Il y aurait de nouvelles têtes, des élèves venus d'écoles différentes. J'en connaissais quelques-uns de vue, mais d'autres m'étaient complètement étrangers.

Je savais qu'il fallait que je commence à m'organiser, mais pendant toute la semaine qui précéda la rentrée, je ne pensai qu'à Jamie – ou à Trancer qui ressemblait à Jamie.

Je faisais des rêves bizarres et, une nuit je rêvai encore que je jouais à cache-cache avec Jamie dans notre ancien appartement. Le rêve était exactement le même que celui que j'avais fait en France, sauf que cette fois, lorsque je tombai dans le trou, j'entendis la voix de Trancer qui disait : « Quelque part là-dessous... c'est toi qui as la clef... »

Je me réveillai en nage et terrifiée, les mots résonnant encore dans mes oreilles, puis, comme j'étais au lit à penser à mon enfance, je me souvins, tout à coup.

J'avais la clef... ou tout au moins je savais où elle pouvait se trouver.

Pourquoi n'y avais-je pas pensé plus tôt ?

J'appelai Nettie et je lui rappelai sa proposition de me recevoir à Londres, sans papa, maman ni Sophie.

Nettie fut enchantée et pas trop surprise lorsque je lui demandai si la chambre du bébé

– mon ancienne chambre – était prête. Non, Duncan n'avait pas encore eu le temps de la faire. Le bébé devait arriver en décembre et si Duncan n'avait rien fait d'ici la fin octobre, ils seraient obligés de faire venir des ouvriers, même si Duncan pensait que c'étaient tous des truands. Mais au moins ces truands faisaient le travail quand ils l'avaient promis, ajouta-t-elle d'un ton méprisant. Mais bien sûr, je pouvais dormir dans cette chambre, si le désordre ne me dérangeait pas.

Je dis à mes parents que j'allais passer une journée chez Nettie. Ils tiquèrent un peu et me firent promettre de ne pas aller chez les Polson. Je répondis que bien sûr, j'avais juste envie d'aller à Londres et ils dirent d'accord mais ne dérange pas trop Nettie et je dis bien sûr que non pour qui vous me prenez... Je n'aime pas mentir à mes parents mais je savais qu'ils essayeraient de m'empêcher d'y aller surtout après ce que Duncan avait mis à la fin de sa lettre.

Dans mon sac à dos, j'emportai un burin, une petite scie, un marteau, une lampe de poche et un aimant. J'espérais que cela me suffirait.

C'était un mercredi et j'arrivai à l'appart à midi. Nettie m'accueillit très chaleureusement et nous bavardâmes pendant quelque temps dans son salon-bar hyper branché.

– D'après l'ami de Duncan, les Polson auraient persuadé cette pauvre Frances Canon de leur donner les titres de propriété de la maison, dit-elle lorsque j'abordai le sujet de la lettre de Duncan. Mais, comme tu le sais, Monsieur Schmidt nous a recommandé d'éviter les Polson et j'espère que tu suivras ce conseil, Abi.

Elle me regarda dans les yeux quelques secondes et je me sentis vraiment mal à l'aise.

– Ne t'inquiète pas, Nettie, mentis-je. Je ne vais pas faire de bêtises.

– J'en suis certaine, répondit-elle, mais il me sembla qu'elle avait tout de même des doutes.

Cependant elle n'insista pas, et quelques instants plus tard elle sortit faire des courses.

Immédiatement après son départ je passai à l'action.

Ils avaient encore remisé d'autres cochonneries dans mon ancienne chambre et il me fallut dix bonnes minutes pour dégager quelques lattes le long d'un mur.

Je fus soulagée de constater que le plancher était encore plus abîmé qu'autrefois. Il me serait donc plus facile de retirer et de remettre en place la latte dont j'avais besoin. Avec le bout crochu du marteau j'arrachai les clous et je fis sauter la planche avec le burin ; ensuite, je fis passer la torche le long des solives empoussiérées.

Je plongeai l'aimant dans le trou, je le fis glisser de haut en bas le long des solives, cherchant à recueillir des bouts de métal. À ma grande satisfaction je sentis de petits chocs et j'entendis des cliquetis comme ils sautaient sur l'aimant. Au bout d'un moment, je sortis l'aimant.

Je fus complètement découragée : il n'y avait que des bouts de métal crasseux dessus. J'étais comme un pêcheur qui trouve un vieux soulier au bout de son hameçon.

Le cœur serré, je repris ma pêche à l'aimant sous les planches. Je fus encore plus désespérée lorsque je récupérai deux clous et une punaise.

Alors, j'éclairai de nouveau le trou avec ma lampe. Mes recherches semblaient infructueuses lorsque, tout au bout d'une solive, je vis une faible lueur. Tenant mon aimant du bout des doigts, j'allongeai le bras aussi loin que je pus et je retins ma respiration.

Soudain, il y eut un petit clic.

Je retirai délicatement l'aimant.

Je l'avais.

La vieille clef rouillée était restée là depuis huit ans, depuis le jour où Jamie l'avait perdue entre les lattes du plancher, alors que nous jouions à cache-cache.

– Si tu la retrouves, m'avait alors dit Jamie, tu pourras cambrioler ma maison – si Jonas te laisse passer.

Jonas, je vous l'ai déjà dit, était le terrier des Canon qui ne cessait d'aboyer et de terroriser le facteur, mais qui, à part ça, était parfaitement inoffensif.

Ce n'était pas le cas du berger allemand. Je ne savais pas du tout comment je ferais pour éviter le Grand Méchant Jonas, mais ce n'était pas le moment d'y penser.

Il était temps de remettre les choses en ordre. Pour cela je devais donner quelques coups de marteau et il fallait que ce soit fait avant le retour de Nettie.

Lorsque Nettie revint, j'avais remis les lattes en place et la clef était en sécurité dans ma poche. Comme Nettie m'avait dit que je pouvais faire ce que je voulais sans me soucier d'elle, je restai à la fenêtre de ma chambre et j'attendis.

D'après Nettie, les Polson sortaient tous les mercredis entre trois et six. Aujourd'hui, on était mercredi et en effet, à trois heures cinq, je vis la voiture des Polson avancer dans leur allée.

Vampirella baissa la vitre du côté passager et elle ouvrit le portail avec une télécommande. Les portes se refermèrent toutes seules derrière la voiture et j'aperçus Polson au volant. Ils tournèrent du côté de l'école et j'attendis jusqu'à ce que la voiture disparaisse en haut de la côte.

Si je voulais revenir trente minutes avant leur retour, j'avais exactement deux heures et demie devant moi...

Chapitre 7

Je dis à Nettie que je sortais faire un tour.

Je remontai Farley Rise jusqu'au parc derrière lequel se trouvait mon ancienne école. Autrefois, maman, ou papa, ou Fran, la mère de Jamie, nous y emmenaient parfois en voiture – moi, Sophie, Jamie et son petit frère Mark – mais le plus souvent nous allions à pied. Un réseau compliqué de ruelles et de jardins bordait le parc. C'était un véritable labyrinthe dont je n'aurais pas pu faire la carte si on me l'avait demandé.

Pourtant mes pieds me conduisirent sans la moindre hésitation jusqu'au jardin attenant à celui de l'ancienne maison de Jamie.

J'escaladai la barrière comme autrefois et je me retrouvai dans un épais sous-bois au milieu duquel se trouvait une petite clairière. C'était là que Jamie et moi avions fait notre cachette.

Ensuite, je devais traverser un espace couvert d'orties, de broussailles et de branches enchevêtrées qui cachait la clôture des Canon. Mon cœur battait très fort. Il ne me restait plus qu'à retrouver la brèche dans cette clôture.

Mais serait-elle toujours là ou bien les Polson l'auraient-ils réparée ? Manifestement, ils étaient très prudents, si l'on en croyait les caméras de surveillance que Sophie avait aperçues dans le jardin de devant.

Je fouillai la végétation du regard, tentant de d'évaluer où pouvait se trouver la brèche. Je réalisai avec contrariété qu'elle était probablement à l'endroit où les orties étaient le plus denses. Elles m'arrivaient à la taille ! Heureusement, j'étais bien équipée, avec mon jean et mon blouson.

Je mis mes gants, je me couvris le visage et les cheveux d'une écharpe et je m'aventurai dans les orties.

Lorsque j'atteignis la clôture, je dus m'agenouiller pour chercher la brèche et malgré ma tenue de campagne, je grimaçai sous les piqûres des orties. Elles me brûlaient les joues, mais seul le trou dans la clôture m'importait maintenant.

Mon angoisse augmentait à mesure que les minutes s'écoulaient. Je ne trouvais pas la brèche ! Les Polson avaient dû faire réparer la clôture. Comment avais-je pu être assez naïve pour croire qu'ils l'auraient laissée comme ça !

Pleine de rage, je me jetai d'un seul coup dans les orties... et je sentis quelque chose céder. J'y étais !

Le trou était là, mais, en sept ans, les branches l'avaient recouvert. Elles étaient si serrées que j'arrivais à peine à les secouer. Puis je me souvins avec satisfaction que j'avais emporté une scie dans mon sac à dos. Je sciai à tour de bras mais il me fallut bien dix minutes pour faire un passage assez grand pour pouvoir m'y faufiler. Alors je rampai à travers les branches qui s'accrochaient à moi et j'avançai sur les mains et sur les genoux centimètre par centimètre.

Ma progression fut lente et douloureuse et je respirais avec difficulté. Lorsque je me rendis compte que cela pouvait durer des heures, je me reposai un instant, puis, prenant une profonde inspiration, je fis un suprême effort et je bondis en avant.

Dans un craquement de branches, je me retrouvai de l'autre côté de la clôture.

J'étais passée ! Je me redressai tant bien que mal et j'examinai les dégâts. Mon jean était tout déchiré aux genoux – heureusement, c'était la mode ! – et la poche supérieure de mon blouson était arrachée, mais ça aurait pu être pire. J'avais les mains en sang et le visage enflammé par les piqûres d'orties, mais je n'allais pas en mourir.

Je regardai autour de moi. J'étais maintenant dans l'allée des Canon. Elle n'avait pas beaucoup changé depuis le temps où ils habitaient là. Je ne remarquai pas de système d'alarme. Il devait seulement y en avoir sur la façade principale.

Derrière la maison, à côté du garage, je savais qu'il y avait une buanderie qui donnait sur la cuisine. La clef que Jamie avait laissé tomber chez moi, autrefois, en ouvrait la porte.

Pourvu qu'elle marche toujours !

J'allumai ma torche et je glissai la clef dans la serrure. Pendant quelques secondes atroces, je ne réussis pas à la faire tourner. Puis, je me rappelai qu'il ne fallait surtout pas la forcer, mais donner de petits coups.

Enfin, la clef commença à tourner avec un grincement à réveiller les morts et je poussai doucement la porte.

Quelque part dans la maison, le Grand Méchant Jonas se mit à aboyer.

J'avais réussi à entrer, du moins dans la buanderie. J'éclairai la pièce avec ma lampe et je me dirigeai vers le fond sur la pointe des pieds. Les aboiements se firent plus violents.

Je découvris alors avec horreur que la porte de la cuisine était aussi fermée à clef. « Ouvre cette porte, clef, ouvre cette porte » suppliai-je à mi-voix.

Mais la chance m'avait abandonnée.

Pire, bien pire, et cela me retournait l'estomac, le Grand Méchant Jonas était arrivé derrière la porte.

Je l'imaginai, déjà, prêt à bondir, ramassé sur ses pattes et salivant à l'idée de son prochain repas.

Si je réussissais à ouvrir cette porte, il fallait trouver un moyen d'empêcher ce Jonas de me dévorer toute crue.

Je fouillai dans mon sac et je finis par trouver ce que je cherchais : un trombone. Pendant quelques minutes interminables je bricolai la serrure tandis que les aboiements se faisaient de plus en plus violents et me glaçaient le sang.

Mes doigts tremblaient. Même si j'ouvrais la porte, comment passerais-je GMJ ? S'il me trouvait devant lui, il ne ferait de moi qu'une bouchée !

J'allais abandonner lorsque, à moitié soulagée et à moitié horrifiée, je sentis la porte s'ouvrir.

Et derrière la porte se trouvait GMJ...

Chapitre 8

Il fallait vite réfléchir. Je ne voulais pas être dévorée par ce chien féroce, mais, d'un autre côté je ne pouvais pas rester emprisonnée dans la buanderie. Je n'avais qu'une seule solution.

Je pris mon burin et je me plaçai près des gonds, je tendis la main pour attraper la poignée et j'ouvris brusquement en restant cachée entre la porte et le mur. En même temps, je lançai le burin de toutes mes forces à l'autre bout de la buanderie.

Le Grand Méchant Jonas se rua dans la direction du burin en aboyant furieusement.

Sans perdre un instant, je m'élançai dans la cuisine et je verrouillai la porte derrière moi. Dans la buanderie, le Grand Méchant Jonas était devenu fou de rage. Il aboyait frénétiquement en lacérant la porte de ses griffes.

Je me glissai dans le couloir – au moins cette porte était ouverte – mais tout était éteint. Avant d'allumer ma torche, je tendis l'oreille pour voir si un être humain donnait signe de vie. Mais on n'entendait que le Grand Méchant Jonas, dont les aboiements étaient maintenant étouffés entre deux portes.

Cependant j'étais toujours convaincue que quelque part dans la maison j'allais trouver Jamie et Mark, ou tout au moins une preuve qu'ils avaient été là récemment.

J'éclairai le couloir avec ma lampe et je commençai mon exploration.

Je ne suis pas sensible aux atmosphères, normalement. Maman peut entrer dans une maison et vous dire aussitôt si les vibrations sont bonnes ou mauvaises. C'est comme ça qu'elle a choisi notre maison de Swanleigh. Elle a dit non à toutes les maisons qui plaisaient à papa, et il a toujours fini par céder.

Un jour, elle s'était mise à pleurer dans une maison en disant que quelqu'un y était mort dans d'atroces souffrances. Plus tard on avait appris que c'était vrai.

Je pense que je fus capable de ressentir quelque chose chez les Polson parce que l'atmosphère était tout à fait différente de celle que je m'attendais à y trouver. Après toutes ces années, je suis sûre que j'aurais reconnu l'atmosphère des Canon, comme on reconnaît quelqu'un qu'on croyait avoir complètement oublié. Mais quelque chose avait changé.

Comme j'allais d'une pièce à l'autre – et, à mon grand étonnement la plupart n'étaient pas fermées à clef – je ressentis des picotements étranges dans les joues et au bout des doigts et ma tête recommença à tourner, comme avant un orage. L'atmosphère était électrique. Peut-être que toutes les atmosphères sont électriques mais on ne s'en rend compte que lorsque quelque chose les anime. Et même alors on ne sait ni évaluer, ni décrire ce qui les rend différentes.

J'étais très mal à l'aise. Maman aurait dit que je ressentais de mauvaises vibrations.

Mais j'étais arrivée jusque là et je n'allais pas abandonner maintenant. Il fallait que je sache ce qui se passait ici et ce qui avait pu arriver à Jamie et à Mark.

De plus, même si l'atmosphère globale de la maison avait changé, j'avais le sentiment qu'un ami intime était tout proche.

Je sentais Trancer.

Ne me demandez pas comment, mais depuis le Festival de Phœnix, j'avais eu des flashes, pas vraiment des pensées ni des images, mais plutôt des sensations qui venaient à moi à l'improviste. J'en étais venue à reconnaître la fréquence de Trancer comme on reconnaît le goût de la vanille dans un dessert, ou la musique d'un guitariste qu'on croyait ne pas connaître, si vous voyez ce que je veux dire.

Dans le bureau, je trouvai des étagères bourrées de livres – en allemand, en russe et en anglais. Ceux-là, je comprenais ce qu'ils disaient : c'étaient des livres de psychologie, de biologie moléculaire, de génétique etc. Il y avait d'autres livres sur l'hypnose, sur le contrôle et la projection de l'esprit et sur le développement des pouvoirs psychiques. Il y avait même tout un rayon – et ça me donna la chair de poule – sur les vampires.

Et si les Polson étaient des vampires ?

Cette pensée était absurde. Les vampires n'existent pas. On ne les voit que dans les films d'horreur comme Dracula. Il n'y avait que Thomas, mon ex petit ami, pour aimer ces trucs.

J'essayai d'imaginer les Polson en train de boire le sang de Jamie. L'idée me fit tellement horreur que je secouai aussitôt la tête pour m'en débarrasser. Ce n'était pas le moment d'avoir la nausée ou de m'évanouir.

Je vis un grand bureau sur lequel trônait un ordinateur dont l'écran était en veille. Je fouillai tous les tiroirs les uns après les autres, parcourant toutes les lettres et tous les documents pour trouver un indice prouvant la présence de Jamie et de Mark dans la maison.

Rien.

J'étais déprimée et découragée. Il ne me restait plus qu'une seule source d'information : l'ordinateur. Je le considérai avec anxiété, regrettant que papa ne soit pas là. Il est hyper fort pour entrer dans les programmes et dans les jeux. C'est pour ça qu'il s'entendait bien avec Thomas.

Je ne m'intéresse pas tellement à l'informatique. Je sais juste utiliser mon traitement de texte pour faire mes disserts et mes exposés mais j'aime bien faire des dessins sur l'ordinateur, aussi, et papa m'a appris plein de choses, vu qu'il est infographiste.

J'appuyai sur une touche, car je savais au moins que c'est comme ça qu'on sort de la veille, et je fus accablée.

Il n'y avait que deux mots sur l'écran :

ENTER PASSWORD

Je soupirai. C'était inutile. Comment pouvais-je espérer deviner ce que les Polson avaient choisi comme mot de passe ?

Je décidai de faire comme à l'école quand on commençait à travailler sur un nouveau sujet, en jouant au « remue-méninges ». On pense à une idée, même si elle vous paraît bizarre et sans rapport, on la relie au sujet en question et ça aide à le comprendre.

L'ennui, c'est que ça marche bien quand on est en groupe, parce que tout le monde apporte des idées. Mais là j'étais toute seule avec mon petit cerveau dépourvu d'imagination.

Alors, comme on pouvait le prévoir, mon cerveau a séché, comme toujours quand je me dis que c'est le moment ou jamais de faire marcher mes méninges.

J'essayai de me détendre l'esprit – c'est comme ça qu'il faut faire, à ce qu'il paraît – mais tout ce que je réussis à me dire, c'est qu'il était quatre heures et quart et qu'il me me restait à peu près une heure avant le retour des Polson. S'ils ne rentraient pas plus tôt !

Allez, Abi, me dis-je. Réfléchis...

Je pensai à tous les mots que je pouvais associer aux Polson.

Polson, Polissons, Vampirella, Vampires, Mal, Surveillance, Psychique, Trancer...

L'image de Trancer flotta dans mon esprit :

« Je suis un émetteur... Je transmets des messages... Transmission... Transe mission. »

De toute façon, je n'avais rien à perdre.

J'entrai le mot :

émetteur

Je retins ma respiration et je pressai la touche « enter »

INCORRECT

Avec un soupir, je fis une deuxième tentative.

transmission

INCORRECT

Je respirai profondément. Je pouvais passer toute la journée à faire ça sans aboutir nulle part.

Sans même y penser, je tapai :

transe mission

Soudain, l'écran devint tout noir.

J'avais échoué.

Puis, quelques secondes plus tard, à ma grande stupéfaction, l'écran s'illumina de petites figures géométriques multicolores.

J'avais trouvé le mot de passe !

J'eus du mal à maîtriser mon excitation. Dès le départ, j'avais senti qu'il y avait un lien entre Trancer et Jamie. Maintenant j'en étais certaine.

Peut-être même m'avait-il guidée jusqu'à lui en dansant derrière la fenêtre de Jamie. Peut-être que c'était lui qui m'avait parlé dans mes rêves. Toutes les questions que je me posais sur Trancer et Jamie me revinrent à l'esprit, mais maintenant j'allais peut-être trouver les réponses.

Je regardai l'écran et je cliquai sur RECHERCHE, puis je rentrai :

canon

Il y eut une pause pendant que l'ordinateur cherchait, puis les mots

CANON, JAMES WILLIAM : PROFIL

apparurent en haut de l'écran et dessous je vis se former l'image de Trancer, de face, de profil et en couleur.

Ce n'était pas le visage heureux et plein de vie que j'avais vu à Reading, ni le zombie qu'il était devenu à la fin de la journée, mais quelque chose entre les deux. Il avait un air solennel et le peu d'expression qu'il y avait sur son visage était triste.

Sous ce portrait étaient inscrits des renseignements : sa date de naissance, son âge, son poids, son groupe sanguin, sa pression artérielle, son pouls et même ses biorythmes et l'analyse de son ADN.

Oh, Jamie, murmurai-je, qu'est-ce qu'ils t'ont fait ?

Je passai à la page suivante et je vis des graphiques et des chiffres qui me semblèrent d'abord du charabia. Puis, j'examinai plus attentivement les données.

Il y avait des listes de nombres avec des dates et des heures sur la colonne de gauche. La dernière date était celle d'aujourd'hui. Les titres étaient les suivants : rythmes alpha et bêta, indicateurs de performance du cerveau, facteurs de fatigue, ECG et indices PSI.

La dernière rangée de données était en train de s'inscrire.

Sur l'écran suivant, il y avait quelque chose d'encore plus étonnant : un tableau mouvant qui montait et descendait en vagues régulières. J'appris plus tard que c'était un électrocardiogramme. Il montrait la force et la fréquence des battements du cœur de Jamie.

Je réalisai avec horreur que cet écran contrôlait un processus en marche en ce moment même quelque part dans cette maison.

Je passai à la page suivante. Il y avait des données similaires sous le nom de CANON, MARK GORDON. Je ne reconnus pas son visage, mais je me rappelai que la dernière fois que je l'avais vu il n'avait que six ans.

Je jetai un coup d'œil à ma montre – quatre heures quarante. Il me restait un peu moins d'une heure. Je quittai le fichier et je revins sur l'écran initial. Il était temps de monter voir ce qu'il y avait à l'étage.

Chapitre 9

Comme je m'y attendais, il y avait dans toutes les pièces des écrans de contrôle en circuit fermé qui surveillaient l'extérieur.

Je m'aperçus avec horreur qu'il devait y avoir plusieurs caméras dans le jardin car, sur l'un des écrans, je vis très nettement notre maison – et même la fenêtre de ma chambre.

Je me demandai si, pour surveiller l'intérieur de leur maison, les Polson avaient aussi des caméras qui se mettaient en route automatiquement sitôt que celles de l'extérieur avaient repéré un intrus. Mais aujourd'hui, puisque j'étais entrée par derrière, les caméras internes ne s'étaient pas déclenchées. Il fallait que je me raccroche à cette idée. C'était mon seul espoir.

En haut, dans chaque pièce, les écrans de contrôle diffusaient une lueur bleu pâle. Dans cette semi-obscurité, je dirigeai ma lampe vers une des fenêtres et je compris pourquoi on ne voyait aucune lumière de l'extérieur : un store noir très épais recouvrait chaque fenêtre, empêchant la lumière de passer.

Jamie avait dû remonter le store le soir où je l'avais vu danser derrière sa fenêtre. Il devait être complètement fou… et hors de lui !

Mes recherches se révélèrent inutiles. J'avais fait deux fois le tour de chaque pièce sans voir la moindre trace de Jamie ni de Mark. Et si les Polson les avaient fait sortir en les cachant dans le coffre de leur voiture ? Mais non. Quelque chose me disait qu'ils étaient ici, dans la maison. Je commençais à sentir très fortement leur présence, exactement comme je sentais, parfois, la présence de Trancer.

Je me souvins alors de l'électrocardiogramme qui enregistrait les battements de cœur des garçons. Avais-je besoin d'une autre preuve qu'ils étaient là ? Il fallait absolument que je les trouve. Il était cinq heures, à présent. Il me restait exactement trente minutes.

Je redescendis dans le couloir et je fis le point : dans la buanderie, le Grand Méchant Jonas s'était calmé, se contentant de grogner ou de lancer un aboiement de temps à autre. Il faudrait que je trouve un moyen de sortir sans me faire dévorer par cet animal. Mais pour l'instant, j'avais d'autres préoccupations.

J'avais inspecté toute la maison sans trouver Jamie ni Mark. Avais-je oublié une pièce ? Je passai en revue tous mes souvenirs. Où jouait-on, quand on était petits ?

Une fois de plus le rêve dans lequel je jouais à cache-cache avec Jamie me revint, avec cette sensation horrible de m'enfoncer dans le plancher.

« C'est de là que je viens… de quelque part là-dessous ».

Alors, je me souvins du cri étouffé qui m'avait paru venir de sous la maison lorsque Sophie et moi parlions avec Polson. Mais oui ! Comment avais-je pu l'oublier ! La salle de jeux était au sous-sol ! Comment ce souvenir avait-il pu être effacé de ma mémoire ?

Je connaissais la réponse.

C'était l'œuvre de Polson.

Il avait voulu dissimuler ce cri qui venait de la cave en essayant de nous hypnotiser. J'entendais encore sa voix monocorde :

« Impossible... impossible... lampadaire... lampadaire... feuilles... feuilles... ombres... ombres... imaginer... imaginer... imaginer... imaginer...»

Pas étonnant que j'aie oublié jusqu'à l'existence du sous-sol !

J'avançai sur la pointe des pieds jusqu'à la porte de la cave, sous l'escalier. En approchant, je vis un boîtier électronique et je réalisai avec désarroi qu'il y avait un code à composer. Mes chances de trouver la bonne combinaison étaient infimes. Au-dessus du boîtier, il y avait un judas. Je collai mon œil dessus.

Mon cœur s'emballa et je me sentis si oppressée que j'en perdis la respiration. Pendant quelques instants, j'eus du mal à comprendre ce que je voyais... et lorsque je compris enfin, je reculai, horrifiée...

Rien n'aurait pu me préparer à voir l'extraordinaire scène qui s'était offerte à mes yeux : à travers la lentille, j'avais aperçu un central informatique ultramoderne. Dans une sinistre lumière artificielle, deux garçons étaient assis, figés, devant une station de travail longue et noire et tous les deux étaient connectés à des espèces de casques de réalité virtuelle. De temps en temps, ils actionnaient une manette – mais la plupart du temps, ils étaient tétanisés comme des zombies en transe. Leurs visages étaient pâles et sans vie, sans aucune expression. À leur vue, je sentis mon sang se glacer dans mes veines.

Leur tête et leur corps étaient hérissés de fils électriques branchés sur des machines noires.

Ça me rappelait quelque chose. Mais quoi ?

Bien sûr, je pensai à Trancer et à la façon dont il avait perdu toute vitalité avant de se transformer en zombie inerte devant moi, à la fin de notre journée à Reading. Je ne doutais pas un instant que le plus âgé des garçons était Trancer.

Et que Trancer était Jamie.

Mais un autre souvenir beaucoup plus ancien me remonta à la mémoire.

Quand Jamie et moi avions sept ans, notre classe avait joué La Reine des Neiges d'Andersen, pour la fête de Noël de l'école. Jamie était Kay. Il était dans le palais gelé de la Reine des Neiges, rigide et froid, et il était absorbé par « le jeu de glace de la raison ». La Reine des Neiges l'avait ensorcelé et il ne voyait plus rien, que son puzzle de glace, car un éclat du « miroir du diable » était entré dans son œil. Moi, j'étais Gerda, et je voulais le délivrer. Après bien des péripéties, j'avais enfin réussi à pénétrer dans le palais de la Reine des Neiges pendant qu'elle s'était absentée. Mais Kay n'entendait pas Gerda, et Gerda avait été si triste qu'elle s'était mise à pleurer. Alors ses larmes avaient touché le cœur de Kay et fait fondre le bloc de glace qui l'étouffait, et il avait reconnu la petite fille.

Mais, maintenant, je ne versais pas de larmes. J'étais trop horrifiée. Je me mis à hurler :

– Jamie !

Il ne réagit pas. Il ne se retourna même pas. Je ne pouvais rien faire. Je ne savais plus quoi dire. Je ne sais pas combien de temps je restai là, paralysée d'horreur, mais soudain, je me rappelai qu'il ne me restait plus beaucoup de temps avant le retour des Polson. Je me sentais trop faible et trop hébétée pour bouger, cependant.

J'essayais de me ressaisir lorsque, dans la buanderie, GMJ se mit à hurler à la mort.

Son cri me rappela qu'il me restait encore à l'affronter.

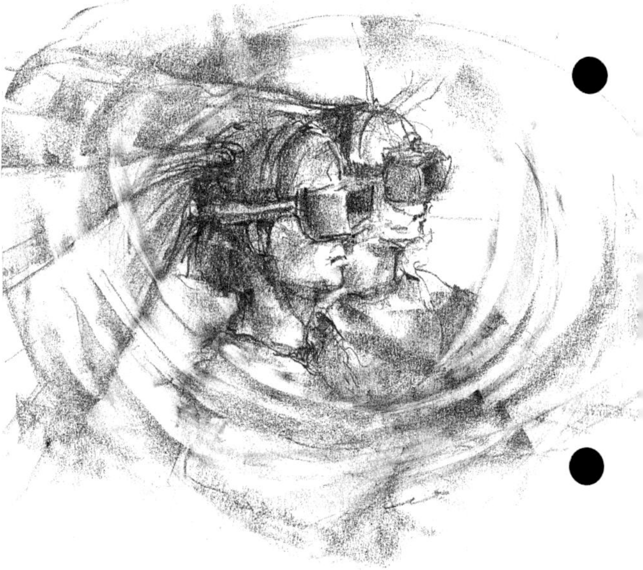

Chapitre 10

Toujours sous le coup de ce que j'avais vu, je me dirigeai, tremblante, vers la cuisine, et je me demandai comment j'allais m'en sortir. Cette fois, je ne pourrais pas me cacher derrière la porte de la buanderie comme je l'avais fait en arrivant... et GMJ se jetterait sur moi sans pitié dès que j'ouvrirais.

Je réfléchis aux autres possibilités qui s'offraient à moi. Je pouvais, évidemment, sortir par la porte de devant. Mais j'éliminai aussitôt cette solution. Jamais, je ne franchirais les caméras de surveillance. Les alarmes se déclencheraient et la police arriverait aussitôt... et il ne fallait pas oublier que les Polson avaient des amis haut placés. De plus, je savais qu'il me serait impossible d'ouvrir le lourd portail d'acier qui, d'ailleurs, était relié au système de sécurité.

On pouvait aussi sortir par le garage. Mais d'après mes observations, je savais que l'ouverture des portes y était contrôlée électroniquement. Je serais tout aussi prisonnière dans le garage que dans le jardin de devant.

Il y avait encore la possibilité de passer par une fenêtre du premier étage et de me laisser glisser le long d'une gouttière. Mais cette idée était encore plus ridicule : j'ai le mal des hauteurs et cette seule pensée me donna le vertige et me souleva le cœur.

J'envisageai un instant de me cacher en attendant que les Polson fassent sortir GMJ de la buanderie. Mais alors, il me faudrait affronter cet aimable couple par-dessus le marché. Il ne restait qu'une seule alternative : ouvrir la porte de la buanderie et défier GMJ. Cela paraît dément, mais j'optai pour cette solution. À ce moment-là, je n'avais qu'une idée en tête : sortir avant le retour des Polson… et j'espérais pouvoir amadouer GMJ. Derrière la porte, je l'entendais gronder d'un air menaçant. Je déverrouillai nerveusement la porte et je la poussai en tremblant…

Le Grand Méchant Jonas était ramassé sur lui-même au milieu de la buanderie. Il se releva d'un bond en aboyant furieusement. Sans savoir ce que je faisais, je m'agenouillai pour être au même niveau que lui. Cela fit quelque effet car, au lieu de se jeter sur moi, il s'immobilisa et montra les dents en grognant.

J'aimerais dire que je tins bon et que je le domptai, mais en fait, je perdis rapidement courage lorsque je le vis avancer vers moi en grondant et en bavant comme un loup affamé. Je reculai lentement, le cœur battant. Je savais qu'il pouvait m'attaquer d'une seconde à l'autre. Il était de plus en plus nerveux, prêt à s'élancer, tandis que je reculais dans le couloir. Au moment où il allait bondir, quelque chose de grand, de solide et d'inébranlable surgit derrière moi. Au même instant, je vis GMJ s'aplatir sur le sol en gémissant d'un air soumis.

Je me retournai vivement, stupéfaite et soulagée, et je me retrouvai une fois de plus face à Jamie. Mais ce n'était pas mon ami d'autrefois, ni le garçon qui dansait à sa fenêtre, ni le Trancer que j'avais vu au Festival de Phœnix, et dont j'avais fait la connaissance à Reading. Son visage était dur comme le granit. Il ne semblait même pas me voir.

– Jamie… murmurai-je, je…

Mais une voix énorme retentit dans ma tête, comme un coup de tonnerre :

– Va-t-en… sors d'ici… on n'a pas besoin de toi…

Comme la voix se faisait de plus en plus assourdissante, je dus mettre les mains sur mes oreilles pour arrêter le bruit. Pourtant Jamie ne bougeait pas et ses lèvres ne remuaient pas. Il regardait le Grand Méchant Jonas comme si je n'étais pas là. Au bout d'un moment, le chien se releva à contrecœur et se dirigea vers un garçon qui se tenait derrière Jamie.

C'était Mark Canon.

D'abord, j'eus de la peine à reconnaître dans ce garçon au visage impénétrable le gamin espiègle qui chahutait avec ma sœur, à l'arrière de la voiture de Frances. Que penserait Sophie si elle voyait ce qu'était devenu son gentil petit Marco ?

En effet, si Jamie semblait vide et figé comme une statue, Mark me regardait avec des yeux menaçants et pleins de haine qui semblaient vouloir m'anéantir. Il me rappelait Polson, lorsque son regard m'avait vrillé le cerveau et que je ne savais pas comment m'en protéger.

« On ne te veut pas ici… »

La voix qui rugissait dans ma tête, dure et inflexible, m'empêchait de réfléchir. Comment as-tu pu les laisser te faire ça, Marco ? pensai-je, comme si je pouvais communiquer avec lui par télépathie, pour employer les mots de maman.

C'est alors qu'au milieu des ondes de terreur glaciales qui déferlaient sur moi, je parvins à trouver dans mon esprit un petit espace de sécurité dans lequel je pouvais dialoguer avec moi-même et essayer de raisonner pour échapper ainsi à ce qui m'arrivait.

Je savais que la voix ne pourrait rien contre moi tant que je resterais dans cet espace de sécurité. J'arrivais même à visualiser cet espace : on aurait dit notre salon de Londres, tel qu'il était autrefois, avec mes parents et quelques-uns de mes camarades de classe ; il y avait même Sophie, et cela ne me dérangea pas, du moment qu'elle la bouclait.

Nous étions tous en train de nous moquer de la voix, comme on fait quelquefois avec Sophie lorsqu'on regarde très tard un vieux film d'horreur des années cinquante en noir et blanc. Alors, je compris qu'aujourd'hui, seule maman pouvait m'aider.

Je vais essayer de rapporter aussi fidèlement que possible la conversation qui se déroula entre elle et moi. Ce dialogue ne dura que quelques secondes en temps réel, mais il eut lieu dans ce que j'appellerai plus tard « le temps de l'espace de sécurité », qui semble beaucoup plus lent. Je pense que c'est ma frayeur intense qui m'a permis d'ouvrir la porte de cet espace de sécurité.

– Maman, qu'est-ce qui se passe ? demandai-je en moi-même.

– Je ne sais pas très bien, Abi, répondit maman de sa voix douce et pensive. Mais j'ai l'impression que Mark a été une cible idéale pour leur programme d'expérimentation psychique. Après tout, il était très jeune lorsque les Polson se sont emparés de lui.

– Comment l'aider ? Est-ce que je peux faire quelque chose pour lui ?

– Pas encore, Abi. Pas maintenant. Mais peut-être…

– Quoi ?

– Eh bien je pense que plus de cinquante pour cent des forces exercées contre toi viennent de Mark. Je crois que Jamie voudrait se libérer, et il a fallu qu'il trouve dans son esprit une manière d'échapper aux Polson. Lorsqu'il s'échappe, il devient Trancer.

– Tu veux dire que Trancer n'était pas réellement présent à Phœnix et à Reading ?

– Si, il était présent, mais par son esprit. Il a été capable d'y aller grâce à toi.

– Comment ça ?

– Je te dis ce que je crois, Abi. Mais je peux me tromper. Je pense que Jamie et Mark ont tous les deux un potentiel psychique hors du commun.

– Tu veux dire un pouvoir psychique ?

– Oui. Et d'après moi, les Polson les utilisent dans un but bien précis. Ils gavent leur cerveau d'énergie psychique.

– Qu'est-ce que ça veut dire ?

– Tu te rappelles Hansel et Gretel ? Et la sorcière qui les gavait ?

– Ben, oui, elle voulait les manger. Tu crois que les Polson veulent manger Jamie et Mark ?

– Non, bien sûr, pas physiquement. Mais ils les gavent d'énergie psychique pour la leur soutirer ensuite.

– C'est pour ça qu'ils étaient branchés sur ces machines ?

– Oui. Un peu comme on force la croissance des poulets en batterie. On les gave jour après jour pour augmenter le niveau de leur pouvoir psychique.

– Et c'est comme ça que Jamie a pu faire voyager son esprit ?

– Je pense qu'il a ce pouvoir. Et c'est aussi comme ça qu'il peut s'échapper. Lorsqu'il veut voyager il devient Trancer. Mais Trancer ne connaît pas Jamie et Jamie ne connaît pas Trancer.

– Il ne sait pas ce qu'il fait, alors ?

– Je pense qu'il commence à s'en rendre compte. Je crois que les deux moitiés de Jamie et de Trancer commencent à se connecter.

– Mais s'il n'était pas réellement là, physiquement, comment Lizzie a-t-elle pu le voir, tout comme moi ?

– Elle l'a vu à travers toi, Abi : tu es le fil qui le rattache à la vie et Lizzie a été capable de le voir parce que toi, tu le voyais.

– Alors, que dois-je faire pour aider Jamie maintenant ?

– Invite Trancer dans ton espace de sécurité et présente-le à Jamie.

Dans mon esprit, je fis ce qu'elle me dit. J'ouvris la porte et je dis à Trancer d'entrer. Il entra en souriant, fit quelques sauts périlleux et se mit à danser dans le salon puis tout à coup il se rendit compte qu'il y avait du monde et il eut l'air extrêmement embarrassé.

– Ne t'inquiète pas, Trancer. Il n'y a que ma famille et des amis. Ils veulent tous t'aider, lui dis-je d'un ton rassurant.

Ensuite, je fis venir Jamie. Comparé à Trancer, il avait l'air inerte et sans vie. Mais même dans mon espace de sécurité, je sentais son pouvoir – un pouvoir concentré sur lui-même, tel un athlète aux muscles contractés.

– Jamie, dis-je en cherchant un peu d'encouragement dans le regard de maman. Je te présente Trancer, et Trancer c'est toi, Jamie. C'est la partie de toi qui cherche à se libérer.

D'abord, Jamie ne répondit pas, puis, il commença à dévisager Trancer comme s'il voyait un fantôme, comme s'il se réveillait d'un long sommeil et se regardait dans un miroir sans vraiment se reconnaître mais tout en sachant au fond de lui qu'il regardait son propre reflet.

Puis son expression changea. Il devint nerveux, son visage commença à se tordre, et il poussa soudain un hurlement de douleur et de remords.

Pendant tout ce temps-là, Trancer était resté serein, imperturbable, inconscient de l'effet qu'il faisait, heureux, comme toujours, d'oublier « ce qui lui faisait mal ».

Lorsque Jamie commença à hurler, le sol de mon espace de sécurité commença à onduler, puis il y eut des secousses, comme lors d'un tremblement de terre. Et de nouveau la voix de Mark se mit à retentir dans ma tête… et mon espace de sécurité s'évanouit.

« Va-t-en… on n'a pas besoin de toi… on ne te veut pas ici. »

Alors je battis en retraite, en direction de la cuisine cette fois, mais au même moment je vis un changement s'opérer chez Jamie – pas dans celui de mon espace de sécurité, mais dans le vrai Jamie en chair et en os qui se tenait devant moi. J'étais sûre qu'il était en train de se réveiller, lui aussi.

– Abi ? dit-il d'une voix épaisse et tourmentée. Il semblait perdu et dérouté.

« Va-t-en maintenant… » tonnait la voix dans ma tête.

– Jamie, suppliai-je ! souhaitant désespérément le tirer de là avec moi.

Mais je ne pouvais plus résister à la force magnétique qui me repoussait.

– Je suis un émetteur, Abi ! hurla Jamie, en serrant les poings comme s'il luttait contre une force intérieure. Entendait-il aussi la voix de Mark ?

« Tu n'es rien pour nous… va-t-en… »

– Aide-moi, Abi ! dit Jamie, suffoquant… aide-nous…

Mais sa voix et sa volonté s'affaiblissaient à mesure que la voix de Mark s'amplifiait.

– Je vais t'aider, Jamie, c'est promis ! hurlai-je, et je me sentis propulsée vers la buanderie.

J'avais vaguement conscience qu'il me fallait refermer la porte à clef derrière moi… mais je ne trouvais plus mon trombone. Et mes mains tremblaient si fort que j'aurais été incapable de le faire, de toute façon.

Alors, à ma grande stupéfaction, j'entendis quelque chose tourner dans la serrure. Comment était-ce possible alors qu'une seconde plus tôt Jamie et Mark se tenaient à l'autre bout du couloir ?

Bien sûr je savais la réponse : Mark utilisait son pouvoir pour fermer la porte à clef. Mais je n'avais pas le temps de me demander quelle était la nature de ce pouvoir : dehors, la voiture des Polson avançait dans l'allée et s'apprêtait à entrer dans le garage.

Je n'avais pas le choix. Je m'accroupis derrière un vieux placard dans la buanderie. J'entendis la porte du garage se refermer et les voix des Polson résonnèrent à quelques pas de moi seulement. Si je devais m'échapper, c'était maintenant ou jamais.

Une pensée troublante me traversa l'esprit : et si les garçons – si Mark – me mouchardaient ?

Peut-être n'auraient-ils pas besoin de le faire. Peut-être Polson était-il déjà au courant.

Tapie dans l'obscurité, je me demandais quelle était l'étendue de son pouvoir psychique. D'une certaine façon, je me disais qu'il devait être limité. Polson pouvait imposer sa volonté et pratiquer l'hypnose, mais il n'avait pas le don de lire dans les pensées, de transmettre des messages, ou de voyager dans son esprit comme le faisaient Jamie et Mark. Les Polson pouvaient consommer de l'énergie psychique mais ils étaient incapables d'en produire eux-mêmes. C'est pour cela qu'ils avaient besoin des garçons.

Je sentis et je perçus tout cela inconsciemment, exactement de la même manière que ma conversation avec maman dans mon espace de sécurité s'était déroulée sur le plan de l'intuition et non comme un échange de vues normal.

J'entendis les voix des Polson s'éloigner dans la maison et je me glissai dehors. Je refermai la porte de la buanderie derrière moi, je traversai l'allée en rampant presque, et je disparus sous la haie.

Cinq minutes plus tard, j'étais sur le trottoir devant la maison des Polson. Avant de traverser la rue, je me retournai pour y jeter un coup d'œil.

« Regarde-moi, Abi ! Regarde-moi danser ! »

Jamie était revenu derrière sa fenêtre. La lumière était allumée, le rideau était relevé et Jamie dansait. Hors de son corps. Comme un fou.

Mon Dieu, Jamie, qu'est-ce que tu fais ? dis-je en moi-même. Puis je pensai que ce n'était pas Jamie mais son double, Trancer, et que, même si moi, je le voyais, les Polson ne pouvaient pas le voir.

Mais quelques secondes plus tard, le doute envahit mon esprit : derrière Jamie/Trancer je vis une ombre. C'était Polson qui entrait dans la chambre.

La lumière s'éteignit. On tira le rideau.

J'eus soudain l'horrible certitude que Jamie Canon avait pris le relais du processus de rébellion que son double, Trancer, avait inconsciemment déclenché… et que sa vie était maintenant terriblement en danger…

Chapitre 11

Immobile sur le trottoir gris, je sentais la fraîcheur de cette soirée de septembre m'envahir les os. Un peu hébétée, je contemplais la façade de la maison et la fenêtre obscurcie de la chambre de Jamie.

Je ne sais pas pourquoi j'attendais. Est-ce parce que j'espérais que Jamie allait réapparaître ? Ou qu'il allait sortir en courant de la maison, qu'il allait faire une de ses astuces énormes et qu'on partirait à l'école ensemble, comme autrefois, sept ans plus tôt ?

J'essayais d'établir un rapport entre mon horrible découverte et le garçon de mon enfance qui disait que j'avais une tête de souris, qui lisait dans mes yeux et qui savait faire le Moonwalker. J'étais si perdue dans ma rêverie que je ne vis pas la porte d'entrée s'ouvrir.

– Ah ! Je parie que vous cherchez encore votre jeune ami.

Mon sang se figea. C'était comme si Dracula était apparu devant moi et avait saisi ma gorge entre ses doigts glacés.

Polson était à sa porte et me souriait avec bienveillance. Du moins je pense qu'il voulait paraître bienveillant mais si on peut dire que les cheveux se dressent de peur sur la tête, eh bien, je devais avoir l'air d'un hérisson.

– Voulez-vous vous donner la peine d'entrer. Peut-être pourrais-je vous convaincre que votre... comment s'appelait-il, déjà ?

– Jamie, réussis-je à répondre.

– Ah oui. Jamie... il n'est pas ici, évidemment, mais je pense que vous aimeriez vous en rendre compte par vous-même.

Je commençais à reprendre lentement mes esprits. Au moins j'étais assez remise pour comprendre que les caméras extérieures m'avaient détectée. Quelle ironie ! J'avais réussi à pénétrer chez eux, à tromper leur surveillance, à échapper à leur chien de garde, à pirater leur ordinateur et à localiser Jamie et Mark, et voilà que là, dans la rue, leurs caméras m'avaient repérée.

Que fallait-il faire ? Je ne pouvais pas refuser d'entrer. Il se demanderait pourquoi j'étais devant le portail alors qu'il m'avait déjà dit que les garçons n'étaient pas là. Il penserait que je me doutais de quelque chose, que j'avais peur, que je mentais, et il renforcerait la surveillance.

Qu'avait-il à gagner en me faisant rentrer chez lui ?

Avait-il l'intention de m'enlever, moi aussi ? Ce n'était pas pensable. Si j'en jugeais d'après ce que j'avais appris par la lettre de Duncan, les Polson avaient longuement et minutieusement préparé l'enlèvement des enfants Canon et il était évident qu'ils ne s'intéressaient pas à n'importe qui. En plus, ils n'avaient aucun intérêt à me kidnapper ou à me tuer. On s'apercevrait tout de suite de mon absence et on les soupçonnerait aussitôt.

Les Polson voulaient plutôt gagner ma confiance : ils avaient de bonnes raisons de penser que j'avais dit partout que je croyais que Jamie et Mark étaient dans la maison. Alors, s'ils pouvaient me persuader du contraire, ils seraient rassurés.

Qu'avais-je à perdre ? En allant chez eux, je pourrais peut-être découvrir un nouvel élément qui me permettrait de comprendre à quelles fins les Polson utilisaient les garçons. Et – pourquoi pas ? – je pourrais peut-être communiquer avec Jamie, avant que les ténèbres ne redescendent sur son esprit, comme la couverture que sa mère mettait sur la télé quand on voyait le clip de Michael Jackson, Thriller, afin de ne pas effrayer le petit Mark…

Mais derrière toutes ces réflexions, une idée lancinante me tourmentait, tels ces airs subsoniques qui annoncent un événement sanglant dans les films d'horreur : c'était peut-être Polson qui, par son pouvoir de suggestion, introduisait dans mon cerveau toutes ces raisons – tous ces prétextes ? – pour rentrer chez eux.

Pendant tout le temps que dura mon hésitation, il avait fixé sur moi ses yeux bleus et froids et je n'avais aucune force pour lui résister.

J'étais obligée de lui obéir.

L'interphone grésilla et le portail s'ouvrit lentement. Je me sentis irrésistiblement attirée vers Polson et comme j'avançais, tel un automate, ma tête recommença à tourner, et une fois de plus je sentis des picotements dans les joues et au bout des doigts comme s'il y avait de l'électricité dans l'air…

– Vous allez voir, Abigail… vous vous appelez bien Abigail, n'est-ce pas ? Nous menons une petite vie bien tranquille, ici. Malheureusement nous n'avons pas d'enfants, ma femme et moi. Mais comme nous sommes psychologues, nous connaissons assez bien les enfants.

À ce moment-là, j'entendis GMJ aboyer dans la cuisine.

– … et les chiens, continua-t-il en souriant. Les chiens sont comme les enfants, vous savez. Tout comme nous, les êtres humains, avons besoin d'une éducation rigoureuse et d'une certaine discipline mentale pour développer notre esprit, les chiens ont besoin qu'on leur apprenne à obéir.

Il ouvrit la porte du salon. J'étais déjà entrée dans cette pièce et, plus encore que la première fois, elle me sembla morne et inhabitée, comme les salons d'exposition qu'on voit dans le rayon ameublement des grands magasins. Il y avait un long canapé Chesterfield et deux fauteuils de cuir noir. Polson me fit signe de m'asseoir dans un fauteuil.

– Ah ! dit-il comme je regardais une sorte de croix surmontée d'un nœud dans la vitrine d'une bibliothèque. C'est un ankh. C'est un symbole très puissant de la vie éternelle en Égypte.

Votre Jamie devait être un garçon tout à fait sympathique. Vous semblez y être très attachée. C'était peut-être votre petit ami...

– Je n'ai jamais dit ça, protestai-je avec agressivité.

– Il est vrai que vous ne l'avez pas vu depuis plusieurs années et qu'il est mort dans un accident de voiture.

Je faillis le traiter de menteur, mais je me ravisai. Je ne pouvais pas lui dire que je venais de voir Jamie dans la cave, puis dans le couloir.

– Est-ce qu'il vous a écrit ? Est-ce qu'il a essayé de vous joindre... en rêve, peut-être ?

– Je vous l'ai déjà dit. Je l'ai vu danser... derrière sa fenêtre.

– C'est vrai, c'est vrai...

Ses questions commençaient à m'étourdir. J'avais l'impression d'être une malade dans un hôpital psychiatrique et c'était lui le psychiatre. Il se tenait debout devant moi et il me dominait de toute sa hauteur. De temps en temps il faisait quelques pas.

– Pensez-vous qu'il y avait quelque chose d'exceptionnel chez lui ?

Je ne vais pas te le dire, sale type, pensai-je. Mais je répondis :

– Je ne comprends pas ce que vous voulez dire.

– Vous rappelez-vous s'il avait des pouvoirs psychiques ? Par exemple, pensez-vous qu'il pourrait communiquer avec vous par-delà la mort ?

– Je vous ai dit que je l'avais vu derrière sa fenêtre. Je sais qu'il n'est pas mort !

J'avais décidé de m'en tenir à ma première histoire, pour rester logique avec moi-même. Il ne fallait surtout pas qu'il sache que j'avais vu les garçons dans la maison, aujourd'hui.

– Vous l'avez donc revu, depuis le jour où vous l'avez vu danser derrière sa fenêtre ? Voilà qui m'intéresse énormément. Ma femme et moi attachons beaucoup d'importance aux phénomènes paranormaux. Votre Jamie est sûrement un fantôme.

J'étais étonnée qu'il me parle de son intérêt pour les recherches psychiques, mais je remarquai qu'il formulait toujours ses questions de façon à me faire croire que Jamie était mort.

Je savais, bien sûr, qu'il mentait. Mais je ne comprenais pas pourquoi il me demandait tout ça. Après tout, il devait parfaitement savoir quel était le pouvoir psychique de Jamie et de Mark puisqu'il travaillait dessus depuis plusieurs années.

Voulait-il gagner du temps pour permettre à Vampirella d'enlever toutes les traces de la présence de Jamie et de Mark et de les cacher dans certaines profondeurs de la maison dont j'ignorais l'existence ?

Je me rendis compte que l'idée était absurde. Les garçons étaient bien enfermés dans la cave et il y avait peu de chance pour que les Polson me fassent visiter leur central informatique. Ils ne me montreraient que ce qu'ils voulaient bien que je voie.

Et puis, tout à coup, je compris le but de toutes ces questions. Polson voulait savoir si Jamie était capable d'échapper à son influence. Son pouvoir sur Jamie avait des limites et il ne savait pas ce qui se passait au-delà de ces limites – comme lorsque Jamie m'était apparu sous la forme de Trancer, par exemple.

Je ne sais pas comment je devinai tout ça, mais cela m'apparut en un éclair, et au moment même où ces pensées m'arrivaient, je sentis Polson se concentrer pour changer de vitesse, exactement comme il l'avait fait la première fois que je lui avais parlé. Alors, une fois de plus, j'eus la sensation qu'il me vrillait le cerveau et qu'il essayait de prendre le contrôle de mes pensées.

Mais cette fois-ci, je savais où me réfugier.

Dans un énorme effort de volonté, je détournai la tête et je regardai mes genoux. Mais, comme j'essayais de faire apparaître mon espace de sécurité, je sentis toute la puissance mentale de Polson. Il ne s'agissait plus de me protéger contre la voix de Mark. Avec elle, c'était comme si j'avais allumé la radio pour chercher une station – mon esprit – et qu'une autre station émettant des signaux plus puissants menaçait de noyer la première.

En me réfugiant dans mon espace de sécurité, j'avais réussi à écouter mon esprit : j'entendais encore la « voix » de Mark, mais j'avais été capable de m'abstraire.

Cette fois-ci, lorsque Polson commença à me vriller le cerveau, ce n'était pas une autre station que j'entendais. Polson n'était pas un émetteur. C'était un amplificateur. On aurait dit qu'il avait mis le volume à fond pour arrêter mes pensées tandis qu'il déversait dans ma tête une mélasse noire et visqueuse – en tout cas, c'est comme ça que j'imaginais l'esprit de Polson.

Je me concentrais de toutes mes forces sur mon espace de sécurité et j'imaginais que ma famille, mes amis et moi étions en train de peindre le sol, les murs et les plafonds avec une épaisse peinture dorée capable d'empêcher la répugnante volonté de Polson de passer.

J'avais conscience qu'il parlait toujours, mais à présent, sa voix bombardait mon cerveau par vagues successives. Lorsque j'avais trop mal, j'imaginais que j'étais chez moi, dans mon lit, la tête sous les couvertures, pour me cacher du tonnerre, et maman me disait :

– N'aie pas peur, Abi, il ne peut pas te faire de mal. Ça va passer. Tu es en sécurité ici.

Je levai les yeux. L'assaut était terminé. De nouveau je pouvais penser. J'avais remporté une victoire.

– … alors, nous aimerions vraiment savoir si vous avez eu une apparition, dit-il.

Je sentis qu'il était déçu et légèrement déconcerté parce qu'il n'avait pas réussi à dominer mes pensées.

– Mais laissons là le spectre de votre défunt ami, continua-t-il, car je voudrais vous démontrer une fois pour toutes qu'il n'est pas ici. Nous allons vous faire une petite visite guidée de la maison. Si vous voulez bien me suivre…

Il me conduisit alors de pièce en pièce. À ma grande surprise, je ne vis plus trace des écrans de contrôle dans les pièces du haut.

Je me demandais où était passée Vampirella lorsqu'elle émergea tout à coup de l'obscurité et surgit sur le palier, un peu comme ces squelettes qui jaillissent devant vous dans un train fantôme.

– Il est peut-être temps que notre jeune visiteuse nous quitte, dit-elle d'une voix tendue. Vos parents vont commencer à s'inquiéter.

– Je ne suis pas chez mes parents, répondis-je étourdiment, et je remarquai aussitôt le regard qu'ils échangèrent.

– Vous avez l'air bien jeune pour vivre seule, dit Polson. Vous avez de la famille ici ? Ou vous êtes peut-être chez des amis ?

Je me serais giflée pour avoir laissé échapper ces paroles. Maintenant je voyais bien qu'ils essayaient d'en savoir plus et je n'allais pas les laisser croire que personne ne s'inquièterait de moi si je disparaissais tout à coup.

– Quelque chose comme ça, répliquai-je fermement.

Et, me rappelant que « savoir c'est pouvoir », je décidai de ne plus rien leur dire. Au contraire, j'attaquai :

– Est-ce que je peux voir la cave ?

Je ne sais pas pourquoi je demandai ça. Je voulais peut-être les coincer et voir leur réaction. Mais surtout, je n'avais pas envie qu'ils puissent croire un instant que j'étais assez stupide pour gober que Jamie et Mark n'étaient pas là.

Une fois de plus, je surpris leur regard complice.

– La cave ? dit Vampirella d'un air étonné. Pourquoi voulez-vous voir la cave ?

Je perdis pied et je bredouillai :

– C'était la salle de jeux… j'aurais bien aimé la revoir… ça me rappellerait des choses… À mon grand étonnement Polson dit en souriant :

– Très bien. Allons voir la cave.

Il commença à descendre et je le suivis tandis que Vampirella fermait la marche. J'avais le cœur au bord des lèvres à l'idée que l'heure de vérité allait sonner. Vampirella n'avait pas pu faire disparaître le central informatique – sans parler de Jamie et de Mark – pendant le temps où j'avais parlé avec son mari !

Ils ne pouvaient être que dans la cave !

Polson était arrivé devant la porte et il tira un trousseau de clefs de sa poche.

– J'espère que j'ai encore la clef, marmonna-t-il. Nous ne descendons pas souvent ici.

Espèce de sale menteur, pensai-je. Mais j'étais tout de même perplexe. Pourquoi faire semblant de chercher alors qu'il savait que j'allais bientôt découvrir la vérité ?

Il prit une vieille clef rouillée et, devant mes yeux ébahis, il ouvrit un cadenas que je n'avais pas vu dans l'après-midi. Je m'aperçus alors que le boîtier électronique avait disparu. La porte s'ouvrit lentement et je dus retenir un cri de stupéfaction. Au lieu du central informatique, je ne vis qu'un grand trou noir : il y avait une odeur de moisi et des toiles d'araignées pendaient du plafond humide et froid. Il manquait plusieurs marches et je ne pus distinguer en bas que quelques sacs de gravats, des meubles cassés, un vieux matelas et les restes d'une tondeuse à gazon.

C'était une cave abandonnée tout à fait ordinaire.

– Bon, je pense que vous avez vu tout ce qu'il y avait à voir, dit Polson en me reconduisant dehors. Alors, au revoir, et merci pour notre intéressante conversation… Comme vous pouvez le constater, Jamie ne danse plus derrière sa fenêtre, ajouta-t-il d'une voix méprisante.

Il appuya sur un bouton et le portail s'ouvrit.

– Présentez mes respects à… vos amis.

Chapitre 12

– Mon Dieu ! Qu'est-ce qui t'est arrivé ? s'exclama Nettie en me regardant du haut en bas avec un mélange de curiosité et d'inquiétude.

Je ne pouvais pas lui en vouloir. J'avais l'air vraiment épouvantable avec mon jean et ma veste déchirés et je savais qu'elle se demandait déjà ce qu'elle allait bien pouvoir dire à mes parents.

– Oh ! j'ai fait un petit jogging et… j'ai trébuché sur du fil barbelé… ne t'en fais pas, Nettie, ça va très bien, vraiment.

Elle avait l'air sceptique mais elle répondit avec tact :

– Eh bien, tu veux sûrement prendre un bain. Il y a un peignoir dans la salle de bains. Je vais essayer d'arranger tes vêtements et je vais te préparer une tasse de thé – ou du chocolat, si tu préfères.

– Merci, Nettie. J'aimerais bien du chocolat.

Je lui fis un grand sourire et une grosse bise. Je faillis éclater en sanglots et tout lui raconter, mais cela aurait tout gâché, aussi je me précipitai dans la salle de bains et je m'enfonçai avec délices dans un bon bain chaud.

C'était le chaos dans mon esprit. Il fallait que je prenne des décisions pour la suite des événements.

Mais d'abord… est-ce que je devenais folle ? Est-ce que j'avais imaginé voir Jamie et Mark dans la cave ? Et pourtant… la cave que je venais de voir n'avait rien de commun avec l'ancienne salle de jeux… ni avec le central informatique, d'ailleurs.

Ça ne tenait pas debout.

Et puis, tout à coup, je compris.

On avait compartimenté la cave. C'était déjà comme ça du temps des Canon… Il y avait deux caves. Leur entrée se trouvait dans un renfoncement, avec une porte face au couloir et une deuxième porte, à gauche, qui ouvrait sur l'escalier de notre ancienne salle de jeux. Les Polson devaient l'avoir peinte en noir. C'est pourquoi je ne l'avais pas vue dans l'obscurité. Quant au boîtier électronique, ils avaient dû le camoufler habilement.

Ils m'avaient bien eue et cela ne fit que renforcer ma décision de secourir Jamie et Mark. Mais cette fois, je n'irais pas seule…

Lorsque je sortis de mon bain, toute rose et toute fraîche, j'avais élaboré un plan de bataille.

Nettie avait été formidable. Elle avait recousu la poche de ma veste mais elle avait laissé le trou dans mon jean :

– Je trouve que ça fait cool, comme ça, dit-elle.

Ensuite, elle appela mes parents et leur dit que j'aimerais bien rester un jour de plus. Elle me passa le téléphone et papa me dit j'espère que tu évites les Polson et je dis bien sûr, et maman me dit j'espère que tu ne déranges pas Nettie, mais non et cætera et cætera.

Après un repas rapide avec Nettie, je m'excusai et je retournai dans ma chambre. Je passai le reste de la soirée à observer la maison des Polson, tout en réfléchissant aux événements de la journée et en me demandant comment allait Jamie. Mais il ne se passa rien.

Le lendemain matin, je téléphonai à mon ancienne copine Chrissie Sommers – vous savez, celle qui était ma meilleure amie et puis des fois ne l'était plus et qui le redevenait et puis ne l'était plus et ainsi de suite... Elle habitait toujours à Londres, à cinq cents mètres de là. Son père était vétérinaire et autrefois, c'était moi qui allais chez lui pour faire vacciner les chats. Nous décidâmes de nous retrouver cette après-midi même chez son frère Col qui habitait aussi à Londres, dans les quartiers ouest.

Mais d'abord, je voulais déterrer un trésor...

Comment leur expliquer ce qui s'était passé ? Je commençai par le début, c'est-à-dire par le moment où j'avais vu Jamie danser derrière sa fenêtre, et je leur racontai tout.

– Je ne peux pas aller voir la police. Comme dit mon père, ils se moqueraient de moi. Mais même papa ne sait pas tout ce que je vous ai raconté. Tu aurais dû voir ça, Chrissie, ils étaient méconnaissables. On aurait dit... des robots... Mark, en tout cas. Mais je pense que Jamie est en train d'essayer de se libérer.

– Et c'est là qu'intervient Trancer ? Tu crois vraiment que Trancer est l'alter ego de Jamie ? demanda Col.

– Je ne sais pas. Mais je crois que la première fois que j'ai vu Jamie danser à sa fenêtre, c'est Trancer que j'ai vu. C'est-à-dire la partie de Jamie qui était capable de se libérer.

– Mais pourquoi Jamie dansait-il à sa fenêtre ? demanda Chrissie.

– Je crois savoir, mais c'est difficile à expliquer. Il a réussi à protéger une partie de lui-même que Polson ne peut pas atteindre, et parfois, il se retrouve dans des endroits très différents.

– À sa fenêtre par exemple, dit Chrissie.

– Ou à des festivals. Je sais que vous allez me prendre pour une folle mais je crois qu'il est capable de sortir de son corps et de faire des voyages.

– Des voyages astraux ? demanda Col.

– Je crois. J'ai entendu ma mère parler de trucs comme ça. Mais ce qu'il y a, c'est que Trancer ne savait pas qui il était… Il ne savait pas qu'il était Jamie, mais c'est lui qui m'a donné des indices qui m'ont permis de retrouver Jamie. Et maintenant que j'ai vu Jamie, je sais qu'il commence à se rendre compte qu'il est aussi Trancer. Alors, quand j'ai vu Jamie danser derrière sa fenêtre hier soir, je crois que c'était le vrai Jamie, et pas simplement Trancer, qui n'est que sa projection.

– Et Mark ? demanda Chrissie.

– Je ne sais pas. Chaque fois que je pense à lui, je me rappelle un petit garçon de six ans… tu t'en souviens, Chrissie ?

Elle fit un signe de tête affirmatif.

– Je pense que c'est lui qui est là. Mais il a acquis un pouvoir psychique effrayant et je ne sais pas s'il a encore quelque chose de sa personnalité d'autrefois. J'espère que oui. Si on réussit à les délivrer des Polson, j'espère que Mark se rappellera qui il est réellement.

– Tu crois que Jamie a gardé quelque chose de son ancienne personnalité ?

– Absolument. Et c'est peut-être lui qui sera capable de sauver Mark.

– Et pourquoi crois-tu que les Polson les utilisent ? demanda Chrissie.

J'hésitai. J'avais beaucoup réfléchi à cette question et je me rappelais des bribes de la conversation que j'avais eue avec maman dans mon espace de sécurité.

– Ça va vous sembler bizarre et exagéré, mais quand je suis allée dans leur bureau, j'ai vu des tas de livres sur les vampires.

Chrissie et Col échangèrent un regard sceptique.

– Tu crois que les Polson sont des vampires et qu'ils boivent leur sang ?

– Non. Pas leur sang. Mais je pense qu'ils se nourrissent de leur énergie psychique.

Col émit un long sifflement :

– Des vampires psychiques ! Ça a l'air raisonnable comme explication. Même si c'est tiré par les cheveux.

Je soupirai.

– Je savais bien que vous ne me croiriez pas. Vous devez penser que j'ai tout inventé, mais si vous les aviez vus dans cette cave… et si vous aviez vu la façon dont Mark s'est introduit dans mon cerveau… et si vous aviez vu ces Polson
ce sont eux qui contrôlent tout ça.

Puis je leur racontai ce que maman m'avait dit dans mon espace de sécurité : à savoir qu'elle pensait qu'on gavait Jamie et Mark pour développer leur pouvoir psychique, comme on gave des poulets en batterie ou comme la sorcière gavait Hansel et Gretel.

Col ricana :

– Et les Polson n'auront plus qu'à les mettre au four et à les manger.

– Non. Ils utilisent leur énergie psychique quand ils en ont besoin. C'est pour ça que Trancer a été vidé de son énergie et qu'il est devenu inerte devant moi. Les Polson étaient probablement en train de pomper son énergie. Comme lorsqu'une batterie se décharge.

Ils avaient toujours l'air un peu sceptiques mais je savais que je commençais à les convaincre.

Alors je leur fis part de mon plan. Col était analyste programmeur dans une boîte informatique. Il était aussi le plus vieil ami de Nathalie Canon, la sœur de Jamie et de Mark.

– Elle m'a téléphoné il y a quelques semaines, dit-il. Elle est revenue à Londres le mois dernier et on devait se revoir un de ces jours. Je peux l'appeler maintenant, si tu veux.

– Oh ! oui, répondis-je avec empressement.

Je n'attendais que ça.

Après avoir appelé Nathalie, Col prit son camescope et me filma. Sur la cassette, je parlai à Jamie et à Mark, je parlai même à Trancer, mais après, je ne me suis plus souvenue de ce que j'avais dit. Je savais seulement que je parlais à toute allure et que je ne devais pas être très cohérente parce que j'étais très émue, et avant que Col n'arrête de filmer, j'étais en larmes.

Nathalie aurait fait n'importe quoi pour avoir des nouvelles de Jamie et de Mark. Elle arriva chez Col une heure plus tard. Évidemment, elle faisait beaucoup plus âgée que la dernière fois que je l'avais vue, et elle était très bronzée. Pas comme si elle avait passé quinze jours sur la Costa Brava, mais comme quelqu'un qui a vécu plusieurs années sous un climat tropical.

Elle avait énormément maigri – je crois qu'elle avait eu une intoxication alimentaire en Inde –

mais ça lui allait très bien. C'était drôle de penser que maintenant que j'avais seize ans et elle vingt-quatre nous étions sur un pied d'égalité alors qu'autrefois, elle venait nous garder, Sophie et moi, quand papa et maman sortaient le soir.

En la regardant, je reconnus les traits de Jamie : son nez retroussé, sa bouche coquine. Mais ses yeux noisette, bordés de fines rides, avaient l'air triste, et je me demandais quelles expériences elle avait vécues ces sept dernières années.

Elle m'écouta dans un silence horrifié, et elle promit immédiatement de tout faire pour nous aider. Puis, elle parla des Polson :

– Vous savez sans doute qu'ils étaient psychologues. Je pense que mon père les avait rencontrés par hasard – ils faisaient partie d'une petite communauté d'expatriés à Stuttgart. Dès le début, je n'ai pas pu les sentir. Gerald Polson me donnait la chair de poule chaque fois que je le regardais, et sa femme… tu as vu toi-même comment elle était…

– On l'appelle Vampirella, avec Sophie.

Nathalie sourit.

– Pas mal. Mais la vraie Vampirella a un certain sens de l'humour. Tandis qu'elle, c'est à la fois un gendarme borné et une grande prêtresse de magie noire. Parfois on voudrait en rire, mais c'est tellement angoissant…

– C'est exactement ça ! m'écriai-je.

– Enfin… D'abord, Polson venait chez nous tout seul et puis il a amené sa femme avec lui. Ils n'arrêtaient pas de poser des questions sur Jamie et sur Mark et de répéter qu'ils étaient vraiment très intelligents, et un jour ils ont proposé de leur donner des cours particuliers, car, disaient-ils, les enfants surdoués ont besoin qu'on stimule leur esprit.

Ils ont commencé à venir chez nous tous les jours, puis ils les ont emmenés chez eux et ils disaient qu'ils leur faisaient faire des « sorties éducatives ». Au début, je n'avais rien remarqué, mais petit à petit, je me suis rendu compte qu'ils étaient sous influence…

– Comment ça ? demanda Col.

– C'est difficile à expliquer. Mes frères étaient exubérants, toujours en train de faire des bêtises, tu te rappelles, Abi ?

Je hochai la tête.

– Eh bien, au bout de quelques mois, ils sont devenus renfermés, silencieux, maussades, et parfois – vous savez comme les petits frères et sœurs peuvent êtres désagréables, de temps en temps…

J'approuvai vivement de la tête en pensant à Sophie.

– … mais eux, c'était différent. Ils sont devenus très durs, impénétrables, comme s'ils voulaient toujours nous écraser. J'ai eu la certitude qu'ils étaient manipulés.

– Par les Polson, dit Chrissie.

Nathalie acquiesça d'un signe de tête.

– Et ils ont eu de plus en plus d'emprise sur eux, continua Nathalie. Maman en était un peu inquiète, mais papa ne paraissait pas s'en apercevoir.

Pourtant, je me souviens que juste avant de mourir, il s'était fâché avec eux et je me suis toujours demandé s'ils n'avaient pas déclenché sa crise cardiaque.

– Tu crois qu'ils auraient délibérément tué ton père ? demanda Col.

– Je n'ai aucune preuve concrète. Juste le sentiment qu'ils n'auraient permis à personne de contrarier leurs projets. Mais, comme vous le savez, après la mort de papa, ils ont aidé maman, et elle a commencé à leur faire confiance. Ensuite, ils ont réussi à la convaincre de leur confier l'éducation de Jamie et de Mark.

Je n'en pouvais plus de vivre dans cette atmosphère et c'est surtout à cause des Polson que j'ai décidé de voyager. À la mort de papa, j'ai hérité d'un peu d'argent. Pas énormément, parce que les Polson ont persuadé maman de mettre une grande partie de l'héritage dans un plan d'épargne-éducation, pour les garçons, qu'ils géreraient eux-mêmes.

Alors j'ai quitté l'Allemagne et je suis allée en Australie, en Thaïlande et finalement en Inde, dans un ashram.

J'ai écrit régulièrement à maman mais elle ne m'a jamais répondu. Et puis, lorsque je suis revenue à Stuttgart, j'ai appris qu'elle était morte. Alors je suis rentrée à Londres pour mettre de l'ordre dans mes affaires et pour essayer de retrouver mes frères.

Et voilà... Je n'aurais jamais pensé qu'ils seraient revenus dans notre ancienne maison.

Nathalie s'arrêta, les yeux pleins de larmes, et je la serrai dans mes bras.

– Ne pleure pas, Nathalie, dis-je, on va les retrouver.

Nathalie avait apporté un gros paquet de documents qu'elle donna à Col.

Nous étions jeudi et les cours reprenaient dans une semaine. On se donna rendez-vous dans un café près de chez Nettie, le mercredi suivant à quatorze heures.

Cela laissait cinq jours à Col pour préparer son matos.

Avant de nous séparer, Nathalie ajouta :

– J'ai encore quelque chose à vous dire. Je viens juste d'y penser. Un soir, il n'y avait pas longtemps qu'on était en Allemagne et papa était encore en vie, les Polson s'étaient lancés dans une sorte de discussion sur la religion et sur la philosophie avec papa et maman.

Mes parents étaient tous les deux très croyants, mais pas de façon traditionnelle… ils n'allaient pas à l'église mais ils croyaient en Dieu. Eh bien, je les ai entendus parler de « transmigration des âmes » avec les Polson.

– Qu'est-ce que c'est que ça ? demandai-je.

– Euh, ça veut dire que l'âme passe d'un corps dans un autre après la mort.

– Comme dans la réincarnation ? dit Chrissie.

– Je crois. Mais ce dont je me souviens, c'est que Gérald Polson disait qu'on pouvait faire transmigrer les âmes avant la mort. C'était vraiment bizarre mais il disait que lui et Monica, sa femme, avaient fait des recherches – il voulait que ça ait l'air objectif et scientifique – qui prouveraient de façon définitive qu'on pouvait y arriver…

Nous regardâmes Nathalie sans rien dire pendant un moment, puis Col rompit le silence :

– Tu crois que c'est ça qu'ils font avec Jamie et Mark ?

– Je sais que c'est dur à avaler… commença Nathalie.

– Moi, j'en suis sûre, m'écriai-je. Ça me rappelait tout ce que maman m'avait dit sur Hansel et Gretel et sur le gavage des cerveaux. J'ai eu le pressentiment, surtout pour Mark, qu'il y avait une âme en danger. Je crois pourtant qu'il est encore possible de le sauver.

– Alors, c'était un SOS au sens propre que Jamie – ou Trancer – a voulu t'envoyer, dit Chrissie.

Nous nous tournâmes vers elle, intrigués.

– SOS… répéta-t-elle. Save Our Souls… cela veut dire Sauvez Nos Âmes, en anglais…

Chapitre 13

Les jours qui précédèrent notre rencontre me semblèrent interminables. Je mourais d'envie de demander à maman si elle savait qu'elle m'avait parlé dans mon espace de sécurité. Mais comment pouvais-je dire que j'avais revu Jamie et Mark sans que papa et maman ne mettent le holà, et ne m'empêchent de retourner à Londres le mercredi suivant ?

Mais c'est maman qui amena le sujet sur le tapis alors que nous étions à table, le lendemain. Papa travaillait tard, ce soir-là, et nous étions seules, maman, Sophie et moi.

Comme d'habitude Sophie ronchonnait pour dire que j'avais toujours plus de liberté qu'elle.

– Et moi, je n'ai que des reproches, grommelait-elle. Pourquoi je n'irais pas avec Abi chez Nettie la semaine prochaine ?

– Maman, protestai-je…

– Je pense que ce serait juste, Abi, dit maman.

– Mais Nettie ne l'a pas invitée. Elle n'a invité que moi.

C'est vrai que j'étais sadique, mais au point où j'en étais, je savais qu'emmener Sophie risquait de tout gâcher. Vous ne me croirez peut-être pas, parce que je suis toujours en train de la rabaisser, mais j'étais sincèrement inquiète pour elle et je ne voulais pas l'exposer aux risques que nous allions prendre. Si jamais il lui arrivait quelque chose, je ne pourrais jamais me le pardonner. Mais maman ne me laissa pas décider.

– En fait, Nettie a invité Sophie. Je l'ai eue au téléphone aujourd'hui et elle m'a dit de dire à

Sophie qu'elle était aussi la bienvenue. En plus, je sais, Abi, que tu feras attention à ta sœur. Je crois que tu commences à comprendre qu'il faut accepter dans ta vie les choses dont tu as peur.

Maman était toujours comme ça. Elle disait des trucs qui pouvaient signifier toutes sortes de choses et c'était à vous de voir en quoi ça pouvait vous concerner.

– Merci, maman, dit Sophie et elle me tira la langue.

J'ignorai cette petite enquiquineuse et je demandai à maman :

– Que veux-tu dire ?

– Eh bien, la responsabilité, pour commencer. Et puis… mais tu peux trouver des exemples toi-même.

Et tout à coup le visage de Jamie lorsqu'il avait reconnu Trancer dans mon espace de sécurité jaillit dans mon esprit.

– Tu penses à…

– Et peut-être qu'on verra Mark, cette fois, dit Sophie. C'est peut-être lui qui dansera à la fenêtre.

– Si vous y allez, surveille-la bien, Abi, dit maman.

Je soupirai, me demandant ce que maman savait…

Il n'y avait pas d'alternative. Si Sophie venait avec moi chez Nettie, il fallait que je la mette au courant et que je lui explique ce que nous avions décidé de faire. Mais je n'avais absolument pas l'intention de l'emmener avec nous chez les Polson.

– Mais je veux y aller, protesta-t-elle.

C'était toujours comme ça avec elle. Elle était morte de trouille quand on était allées chez les Polson, et maintenant elle s'imaginait que c'était une super aventure, qu'on allait bien s'amuser, et elle ne voulait pas manquer ça.

– Non, tu n'iras pas. Et fais gaffe à toi si tu en parles aux parents.

– Pour qui tu me prends ?

J'aurais pu répondre de mille façons à cette question, mais pour une fois je préférai lui laisser le dernier mot.

Lizzie vint me voir le lendemain. Elle avait plaqué son hippie.

– Ça n'a pas marché, dit-elle d'un ton lugubre. Il avait mauvaise haleine. Et en plus, c'était même pas un hippie, mais un mec qui faisait un stage dans l'immobilier, et il avait une moumoute blonde.

Je compatis, mais pas trop. Il me tardait de lui raconter ce que j'avais vu chez les Polson.

– Quoi ? Tu veux dire qu'on a vu un fantôme au festival de Phœnix ? s'exclama-t-elle à la fin de mon récit.

– Eh bien, pour parler comme maman, il y a plusieurs sortes de fantômes. Je crois que Trancer est une partie vivante de Jamie. Lorsque Jamie sort de son corps, il voyage sous la forme de Trancer.

– Mon Dieu, Abi ! Tu ne vas pas me faire le coup du bizarre et du paranormal ! Dis-moi que c'est pas vrai !

– Viens avec moi mercredi et tu verras, répondis-je.

Elle eut l'air étonnée.

– Tu crois ? Euh… c'est à dire… je ne sais pas…

– Viens, Lizzie, s'te plaît. J'ai besoin de toi.

– Pour garder Sophie ?

Je fis un large sourire.

– Comment as-tu deviné ?

Enfin le mercredi arriva. Le lendemain, c'était la rentrée.

Mon intuition, et tout ce que j'avais appris jusque-là sur les Polson me disaient que c'était notre dernière chance de sauver Jamie et Mark avant que ces odieux personnages ne pompent toute leur énergie psychique, mais surtout avant qu'ils ne s'emparent complètement de leur âme par leur programme Transe Mission.

Était-il encore temps d'intervenir, ou était-ce trop tard ?

Je fis le voyage de Swanleigh à Londres avec Sophie et Lizzie et, à deux heures précises, Nathalie, Chrissie et Col nous rejoignirent chez Nettie. Nous étions tous, à divers degrés, nerveux et surexcités.

Nettie m'avait laissé la clef et nous attendîmes dans le salon. Nous étions trop stressés pour parler, sauf Sophie qui n'arrêtait pas de demander si elle pouvait venir avec nous, bien qu'elle ait déjà promis de rester chez Nettie avec Lizzie. Comme trois heures approchaient, la tension devint insupportable.

Les minutes passaient et la voiture ne sortait toujours pas. La porte du garage restait désespérément fermée.

À trois heures moins vingt, je commençai à croire qu'on s'était trompés de jour et que l'information de Nettie n'était pas fiable. Et si j'avais laissé une trace de mon passage dans la maison qui les aurait décidés à changer leurs habitudes ou à rester chez eux ? Et s'ils avaient quitté Londres avec Jamie et Mark ?

Enfin nous vîmes la porte du garage s'ouvrir, et la voiture avança dans l'allée. Sophie pleurnicha encore pour qu'on l'emmène, elle trépigna et elle cria que ce n'était pas juste, mais Lizzie, en bon baby-sitter pour casse-pieds de treize ans, sortit un jeu électronique de son sac, et Sophie se jeta immédiatement dessus.

Col nous donna un talkie-walkie à chacune afin que nous puissions toujours rester en contact les uns avec les autres. Si nous n'étions pas revenus à six heures moins le quart, et si la liaison était interrompue, Lizzie et Chrissie devaient alerter la police.

Nous empruntâmes le chemin que j'avais pris la première fois. J'avais prévenu Nathalie et Col qu'il fallait traverser des orties et passer par un trou dans la clôture et ils s'étaient équipés comme pour un commando.

Dix minutes plus tard nous étions dans l'allée des Polson. Col avait tout prévu. Un de ses amis était serrurier et lui avait prêté un assortiment de passes : ouvrir la porte de la cuisine serait un jeu d'enfants.

Je l'avais, bien sûr, mis en garde contre GMJ, alors, il avait demandé à Chrissie de piquer deux ou trois cachets de sédatifs puissants dans le cabinet de son père. Il les avait écrasés et mélangés à de la nourriture pour chien, et on avait apporté ça dans une gamelle en plastique.

– Je sais comment il faut faire, avait-il dit. J'ai souvent aidé papa ; un moment je voulais même être vétérinaire, et puis j'ai attrapé le virus. De l'informatique, évidemment.

Le problème, continua-t-il, c'est qu'on ne sait pas combien de temps il faudra au sédatif pour faire son effet. Ça peut varier entre vingt et trente minutes. Je vais mettre la gamelle à côté de la porte de la cuisine. J'espère que je vais y arriver, mais ne vous étonnez pas si vous me voyez revenir en quatrième vitesse.

Même de dehors, dans l'allée où j'attendais avec Nathalie, nous entendîmes GMJ devenir fou furieux lorsque Col entra dans la buanderie. Une minute plus tard, il se déchaîna encore plus quand Col ouvrit la porte de la cuisine avec son passe. Les aboiements continuèrent pendant quelques secondes, puis ils s'arrêtèrent, et quelques instants plus tard, Col claqua la porte de la buanderie derrière lui et réapparut dans l'allée, légèrement pâle.

– Ça y est, il mange… mais c'était moins une, dit-il après avoir repris sa respiration, et j'ai bien peur que ça prenne assez longtemps.

Nous attendîmes pendant plus de vingt minutes. Après avoir avalé son repas, GMJ recommença à aboyer et le temps nous sembla une éternité.

– Alors ? Où en êtes-vous ? fit la voix de Lizzie dans le talkie-walkie.

– On attend toujours que GMJ s'endorme, répondit Col.

– Vous avez trouvé Mark ? dit cette peste de Sophie.

Je lui aurais tordu le cou… et je me demandai pourquoi je ne lui avais pas administré un sédatif, à elle aussi.

Au bout d'une dizaine de minutes GMJ se calma un peu, et cinq minutes plus tard, on n'entendit plus rien.

Nathalie et moi n'en pouvions plus d'attendre et Col dut nous retenir :

– Encore cinq minutes et ça ira, dit-il. Je vais me faire lyncher par mes copains de la SPA, mais tant pis.

Enfin nous fûmes autorisées à pénétrer dans la buanderie et nous trouvâmes GMJ inconscient au milieu de la pièce.

– Dans combien de temps va-t-il se réveiller ? demandai-je anxieusement.

– Dans une heure ou deux, au maximum, dit Col en regardant sa montre.

Je vérifiai l'heure, moi aussi. Il était quatre heures passées.

– Dépêchons-nous, dis-je nerveusement.

Col alla dans le bureau et s'installa devant l'ordinateur. Nous le regardâmes tandis qu'il s'introduisait dans le CD-ROM à travers les sécurités et qu'il connectait son propre casque de réalité virtuelle pour l'insérer dans le programme dont la console principale gavait Jamie et Mark.

– Mon Dieu ! s'exclama-t-il en arrachant presque son casque. Je ne sais pas ce que c'est que ce truc, mais ça m'arrache la tête ! C'est mortel !

Je ne voulus pas essayer, et Nathalie non plus. Nous le laissâmes interrompre ce programme et insérer le disque qu'il avait préparé avec Nathalie.

On pouvait aller voir Jamie et Mark, maintenant...

Comme nous approchions de l'entrée de la cave, je mis une main sur l'épaule de Nathalie.

– Ne t'inquiète pas, Nathalie, murmurai-je. Ça va aller.

Elle n'avait pas vu ses frères depuis cinq ans et j'avais essayé de la préparer au choc de ce qu'elle allait voir, mais lorsqu'elle regarda par l'œilleton, elle devint blanche comme un linge. Je la vis former sans bruit leurs noms sur ses lèvres, et, lorsqu'elle se redressa, elle pleurait.

– Comment peut-on faire ça à un être humain ? sanglota-t-elle. Comment ont-ils pu faire ça à mes frères ? Pourquoi ne les ai-je pas empêchés ?

– Il ne faut pas te culpabiliser, tu ne pouvais pas savoir.

– Mais si, je le savais. J'avais senti qu'ils étaient mauvais et je n'ai rien fait…

– Tu es là, maintenant. Il n'est pas trop tard, insistai-je d'un ton mal assuré.

– J'ai mis le programme en route, nous dit Col, et je passai l'information à Lizzie et à Chrissie par talkie-walkie.

Col jeta un coup d'œil par le judas et lorsqu'il se redressa, je constatai que lui aussi était sérieusement secoué.

– On dirait…

– Des zombies, achevai-je à sa place.

– Il faut que ça marche, murmura-t-il, mais sa confiance avait été ébranlée.

Nous regardâmes Jamie et Mark à tour de rôle pendant que le nouveau programme les chargeait. Col avait branché un écran qu'on pouvait observer directement depuis le judas. Il devait être éteint lors de ma dernière visite, car je ne l'avais pas remarqué. Nous pouvions voir, maintenant, un peu de ce qui se passait sous les casques des garçons.

Col avait utilisé des techniques d'infographie ultramodernes pour animer des scènes de réalité virtuelle vivantes et dynamiques, montrant des images de leur enfance. Nathalie lui avait donné des photos, des souvenirs, des vidéos, et les cassettes favorites des garçons avant qu'ils ne partent pour l'Allemagne.

Elle avait enregistré un commentaire que Col avait synchronisé avec son CD. Il en avait fait une copie sur un petit magnétophone portable qu'on pouvait écouter en même temps que Jamie et Mark. Il mit en marche le système.

– Salut, Jamie… salut, Mark… c'est moi, Nathalie. Il y a tellement longtemps qu'on ne s'est pas vus que vous avez peut-être cru que j'étais morte. Vous m'avez peut-être oubliée, mais moi, je n'ai jamais cessé de penser à vous.

Sur l'écran, on voyait Nathalie qui parlait devant la caméra. Col avait filmé ce passage quelques jours plus tôt.

Les garçons restaient figés comme des momies. On ne pouvait pas savoir s'ils entendaient ou s'ils voyaient quelque chose.

J'ai quitté l'Allemagne parce que j'étais malheureuse… mais je crois que vous n'avez pas été heureux non plus depuis qu'on est partis de Londres.

Il y eut alors un gros plan de Jamie et de Mark sur l'écran. Ils avaient des chapeaux de papier sur la tête et toute la famille Canon était réunie autour d'eux. C'était une photo de Noël. Jamie était penché vers l'appareil, il louchait et il remontait le bout de son nez avec ses doigts, et Mark était renversé sur sa chaise, écroulé de rire…

– Jamie, Marco, vous vous rappelez comme on s'amusait quand on était tous ensemble, en famille ? Vous vous rappelez ces Noëls, ces anniversaires ?... Et les pique-niques à la campagne... et quand on faisait de la luge dans le parc, devant l'école ?

Les supports visuels changeaient, accompagnés de musiques de leur enfance. On voyait des photos de leur famille, des photos de leurs jouets favoris...

Les garçons restaient comme des statues. J'essayai de m'introduire dans leur esprit. De penser comme eux...

Je suis dans un programme informatique. Je suis le programme. Il n'y a aucune différence entre moi et le programme. Le programme est ma vie, mon Dieu, ma mère, mon père, ma nourriture, mon air, mes pensées, mon sommeil. Je vis par mon programme. Sans lui je n'existe pas...

Le programme vient d'être interrompu. Je suis en attente. J'attends d'être remis en route. Je ne peux pas répondre à d'autres programmes parce qu'on ne m'a pas conçu pour le faire... je suis en veille... je suis en attente jusqu'à ce qu'on me relance...

Est-ce que c'était comme ça ? Est-ce qu'il était impossible de faire entrer un nouveau programme dans leur esprit ? Est-ce qu'ils étaient incapables d'intégrer la vidéo de Col et encore moins d'y réagir ? Cette pensée était encore plus terrifiante que la voix qui avait rugi dans ma tête la dernière fois que j'étais venue, la voix qui semblait venir de Mark...

– Est-ce que vous vous rappelez Abi et Sophie, nos petites voisines d'en face ? demanda Nathalie. Et tout à coup nous fûmes sur l'écran. On jouait avec les garçons dans leur jardin, derrière la maison. Monsieur Canon avait dû nous filmer l'été qui avait précédé notre départ pour Swanleigh, parce qu'on nous entendait chanter un tube de cet été là.

– Elles sont là. Abi est ici. Et elle veut vous parler.

Et voilà que j'étais devant la caméra, l'air inquiet, et que je m'apprêtais à parler aux garçons.

– Salut, Jamie. Salut, Mark. J'espère que vous verrez ça, mais je n'en suis même pas sûre parce qu'il me semble que des fois vous ne voyez pas – ou vous ne voulez pas voir... Je veux juste te dire, Jamie, que je sais qu'il y a une partie de toi qui a essayé de communiquer avec moi et que c'est pour ça que je t'ai vu danser à ta fenêtre... et puis je t'ai revu à des festivals, mais tu disais que tu t'appelais Trancer... et on est devenus très amis, jusqu'à ce que Trancer disparaisse. Et la dernière fois que je t'ai vu, c'était ici, dans cette maison, et tu ne semblais pas me reconnaître, mais juste à la fin, tu t'es souvenu de moi, et le soir, je t'ai revu danser à la fenêtre...

Ça a l'air absurde mais je crois que vous êtes encore ici tous les deux, bien que vous n'en ayez pas conscience. Et vous n'êtes pas du tout obligés de vivre de cette manière, branchés sur des machines toute la journée. Vous pouvez être comme autrefois, quand on allait à l'école ensemble... et tu te rappelles notre cachette dans la haie, Jamie ? Tu te rappelles le trésor qu'on avait enterré ?

Devant le caméscope, je présentais le ridicule bonnet Rasta que Jamie avait demandé à sa grand-mère de lui tricoter un hiver. Il était rayé violet et noir et Jamie ne l'avait pas quitté pendant deux ou trois mois, même quand tout le monde se moquait de lui. On lui avait donné toutes sortes de surnoms, comme Bouffon ou Blaireau, et puis un jour, il en avait eu marre. Alors, on avait décidé d'enterrer le bonnet, « pour voir s'il passerait l'épreuve du temps ».

Pendant tout le temps qu'avait duré ma vidéo, Col avait mis de la techno en fond sonore, j'avais mis le bonnet rayé sur ma tête et j'avais commencé à danser, en imitant les mouvements saccadés de Jamie. Je me trémoussais en agitant les bras et les poignets.

– Tu dansais comme ça, Jamie. Et tu danses toujours comme ça... demande à Trancer, Jamie... il sait comment tu danses.

C'est à ce moment précis que, lorsque Col m'avait filmée, je m'étais mise à pleurer.

Nathalie et Col, qui avaient déjà vu le film, m'avaient laissé regarder par le judas pendant tout ce temps-là, si bien que j'avais pu voir sans interruption, non seulement l'écran, mais aussi Jamie et Mark.

Mark ne bronchait pas. Il était dans un état second, immobile, figé, paralysé.

Mais, dans les dernières secondes du film, je vis un changement très subtil s'opérer en Jamie. Toujours verrouillé sous son casque, son corps commença à se tordre, comme s'il combattait un démon intérieur.

Ses mouvements se firent plus amples et il commença à se débattre sur son siège, et tout à coup, il se dressa et il arracha son casque. Alors, il se retourna et regarda dans notre direction. Je restai bouche bée, surprise et heureuse. Les yeux de Jamie étaient pleins de larmes. Il se précipita dans l'escalier, il ouvrit la porte, et il tomba dans les bras de Nathalie. Il serra Nathalie de toutes ses forces, puis il s'approcha de moi et m'étreignit à mon tour.

Mais alors, j'entendis de nouveau la voix.

Comme la dernière fois elle résonnait tel le tonnerre dans ma tête, mais, à voir l'expression de Col et de Nathalie, je compris qu'ils l'entendaient aussi.

Dans la cave, Mark n'avait pas bougé, mais je savais sans l'ombre d'un doute que c'était lui qui émettait cette voix.

« Allez-vous en... On n'a pas besoin de vous.... on ne vous veut pas... »

Ensuite, un nouveau message arriva qui nous remplit d'effroi :

« Transe Mission... Préparation à l'élimination... »

Nous nous regardâmes avec horreur. Mark était-il toujours branché sur son ancien programme ? Si tel était le cas, nous étions tous en danger de mort car Mark se préparait à détruire l'entourage de sa petite enfance, lui compris.

Ou bien répondait-il au programme de Col ? Sa réaction faisait-elle partie du processus de transmigration dont Nathalie nous avait parlé ? Polson était-il sur le point d'accomplir la transmigration de l'âme de Mark et d'anéantir définitivement son identité ?

Ou voulait-il simplement exterminer tous ceux qui le gênaient ?

Chapitre 14

Je ne sais pas si vous avez déjà reçu un message dans votre tête vous annonçant que vous alliez être détruit, mais je peux vous dire que ça fait un drôle d'effet.

D'abord, mon estomac s'était noué. En même temps, je me disais que mes genoux étaient vraiment fantastiques, d'habitude, lorsqu'ils me transportaient partout, car maintenant, ils étaient incapables de soutenir mes jambes et j'éprouvais un besoin irrésistible de m'asseoir.

Ensuite, je commençais à apprécier la façon discrète et efficace dont mon cœur faisait son travail, la plupart du temps. Jamais il ne se mettait en grève, jamais il n'était désagréable, jamais il ne se comportait comme un hooligan. Mais maintenant, c'était ça qu'il faisait, et je n'y pouvais rien parce que j'avais trop de mal à respirer.

Et c'est allé de mal en pis… et j'ai commencé à paniquer.

Je crois que nous étions tous dans le même état, mais on faisait ça si silencieusement que ça ne se voyait pas.

Alors je pensai que seul, Jamie était capable d'interrompre Mark, maintenant. Il était le seul à pouvoir communiquer avec lui et à avoir quelque influence sur lui, si c'était possible.

Nous le suppliâmes de faire quelque chose, mais il était encore tout ébahi et troublé, et trop perturbé pour agir.

« Transe Mission… Destruction dans trois minutes… »

– Jamie, je t'en prie, fais quelque chose, gémissait Nathalie en le secouant. Mais Jamie restait collé à nous comme un bout de légume qui s'accroche au fond d'une assiette et dont on ne peut pas se débarrasser.

Devant son écran, Mark n'avait pas bougé, mais on voyait qu'il concentrait toute son énergie psychique sur la tâche pour laquelle il avait été programmé.

Les deux garçons étaient complètement différents maintenant. Toute l'énergie et toute la vitalité de Jamie avaient disparu. Cela me donna une idée. Je le regardai dans les yeux.

– Jamie, si tu ne peux pas le faire, laisse Trancer essayer.

Il ne sembla pas m'entendre. Et puis, soudain, la lumière revint dans ses yeux, et l'étincelle d'un sourire joua sur ses lèvres.

– C'est peut-être le moment de te montrer quelques pas de danse…

– Oh ! Jamie !

Pendant une seconde, je crus qu'il m'invitait à danser, et même de la part de Trancer, c'était prendre le danger un peu trop à la légère. Et puis je me souvins de Reading.

Lorsque je lui avais parlé de Jamie, c'étaient exactement ces mots que Trancer avait prononcés.

Il eut l'air embarrassé, soudain, et il ajouta sans la moindre ironie :

– Désolé, Abi, je ne voulais pas être méchant. Je vais faire de mon mieux…

Il me regarda avec hésitation et il dit :

– Mais, au fait, qui est Trancer ?

Puis il me serra la main, il embrassa Nathalie, et il se dirigea vers sa console. Lorsqu'il remit son casque, je vis qu'il concentrait son esprit sur les mêmes images que Mark.

– Tu crois qu'on devrait aller avec lui ? demandai-je à Nathalie.

– Oui, répondit-elle. Ils ont tous les deux besoin de notre aide. Il faut qu'on concentre tous nos esprits sur Mark et qu'il se sente aimé.

Comme nous traversions la pièce, je sentis que l'atmosphère était chargée d'une électricité craquante, pétillante et explosive. Je savais qu'elle provenait du combat que menaient les volontés et les énergies psychiques de Mark et de Jamie. C'était comme si leurs voix se disputaient le contrôle des ondes aériennes qui me traversaient la tête.

« Transe Mission... Destruction dans deux minutes ».

Tu te souviens de moi, Marco ? Rappelle-toi papa, maman, et Nathalie. Nathalie est revenue. On t'aime.

« Préparation à la Destruction... Élimination... ».

Comme le compte à rebours atteignait quatre-vingt dix secondes, Col, qui était derrière moi, commença à s'affoler.

– On va mourir et c'est ma faute ! s'exclama-t-il. J'ai créé ce programme et maintenant il va nous tuer... Il faut que je coupe le système !

Il se précipita dans le couloir et il courut jusqu'au bureau, mais le compte à rebours continuait dans nos têtes et la bataille se faisait plus violente.

« Transe Mission... Destruction dans une minute... »

Tous les écrans s'éteignirent. Jamie bondit de la console et arracha le casque de Mark. Mark se tourna vers lui. Il avait une expression de rage froide, violente et inhumaine que je n'oublierai jamais. Sans bouger le petit doigt, il envoya voler son frère à l'autre extrémité de la pièce.

Au même instant, j'entendis des pas précipités dans le couloir et, tout à coup, Sophie s'élança dans la cave, suivie de Chrissie, de Lizzie et de Col.

Lorsqu'elle vit la scène effrayante qui se déroulait devant elle – Mark, en véritable Terminator, comme s'il n'était qu'un cerveau surchargé d'énergie qui envoyait des lasers pleins d'électricité à haute tension sur son frère jeté à terre – Sophie devint hystérique.

– Marco ! hurla-t-elle en éclatant en sanglots, qu'est-ce qu'on t'a fait ?

Le compte à rebours en était à vingt-cinq secondes, et Mark hésita. Il posa les yeux sur Sophie.

Je voulus la retenir mais elle me repoussa et s'élança vers Mark, les mains tendues. Il regarda fixement les mains de Sophie. Puis, avec réticence, comme si on l'arrachait à ce qui avait été toute sa vie jusque-là, mais qui, en un instant était devenu futile et sans intérêt, il prit lentement les mains de Sophie dans les siennes.

« Transe Mission… Abandon… »

La voix s'entendait à peine.

Il restait huit secondes… et la voix s'éteignit définitivement.

Le petit Marco Canon, qui avait six ans la dernière fois que je l'avais vu, venait, sept ans plus tard, de nous rejoindre. Il n'avait aucune idée de ce qui s'était passé ni de ce qu'il avait failli faire.

Il nous regarda tour à tour, l'air étonné et perplexe, et, tout à coup, il vit Jamie :

– Qu'est-ce que tu fais par terre, 'bécile ! Eh, Nathalie, tu es là ? Tu peux me donner à goûter ? Je meurs de faim… et j'ai très mal à la tête.

Il regarda de nouveau Sophie.

– Tu es bien Sophie Edwards ? Qu'est-ce que tu fais là ?

– Ils ne voulaient pas que je vienne avec eux pour te sauver… mais quand le talkie-walkie s'est arrêté, je…

Mark regardait Sophie comme s'il ne comprenait pas ce qu'elle disait.

– Pour me sauver ? De quoi ? Pourquoi vous me regardez tous comme ça ? Comme si j'étais un revenant ?

Alors on s'est tous jetés sur lui, et on s'est mis à l'embrasser, à rire et à pleurer.

– Je crois qu'on est des revenants, Mark, dit Jamie. Quelqu'un nous a fait beaucoup de mal… je ne me rappelle pas très bien ce qui nous est arrivé, mais…

– Tu parles comme Trancer, dis-je.

Jamie me regarda d'un air éberlué :

– Tu m'as déjà parlé de ce Trancer. Qui c'est ? Et quand tu en parles, je ne sais pas pourquoi, ça me rappelle un rêve que je fais souvent… un rêve où je danse…

– Tu as réellement dansé, Jamie.

– Mais de quoi parles-tu ? Comment sais-tu tout ça ?

Je m'apprêtais à lui répondre lorsque j'aperçus quelque chose qui me donna la chair de poule et fit battre mon cœur à tout rompre.

Dans le couloir, on entendait de nouveau les aboiements de GMJ. Les effets du sédatif étaient terminés, mais ce n'était pas ça qui me faisait peur.

Nathalie aussi avait vu, car le sang s'était retiré de son visage et elle était pâle comme la mort.

– Les voilà ! dit-elle, et je perçus la colère immense qui montait en elle.

Tout le monde regarda vers la porte.

Je vis une flaque d'encre noire qui s'étalait, recouvrant une marche après l'autre… et je compris enfin ce que c'était.

C'était l'ombre de Gérald Polson qui descendait à pas lents dans la cave.

Chapitre 15

Instinctivement, nous reculâmes tous jusqu'au fond de la cave.

Polson, le visage noir comme l'enfer, nous regardait d'un air méprisant, comme si nous n'étions que des cafards sortis des murs de son cher central informatique, et qu'il lui faudrait écraser sous ses pieds.

– James, Mark, dit-il impérieusement, de sa voix onctueuse et douce comme le velours qui me faisait hérisser les cheveux. Retournez à vos postes de travail : vous ferez un rapport plus tard. Transe Mission, phase trois, version quatre, point six.

Je vis, horrifiée, que ses mots opéraient exactement comme le déclic qui commandait un groupe de sujets sous hypnose, que j'avais vu à la télé quelques mois plus tôt. Jamie et Mark reprirent leur état de transe et retournèrent immédiatement à leur poste, bien que les écrans soient demeurés éteints.

Polson sourit et se tourna vers nous. D'instinct, il s'adressa à Col.

– Je vois que vous avez essayé d'effacer plusieurs programmes en cours, mais évidemment tous nos travaux sont sauvegardés en continu. Nos recherches et notre mise en condition ont pris beaucoup de temps comme vous le savez, Nathalie, et en aucune façon nous ne tolérons la moindre interruption. Notre ordinateur est bien sûr branché sur un réseau et relié à d'autres ordinateurs, d'autres esprits, dans le monde entier. Nous avons des contacts très importants. Personne ne peut nous arrêter. Notre œuvre doit se poursuivre. Il faut continuer à travailler. Je répète, ajouta-t-il d'une voix forte : il faut continuer à travailler.

Il appuya sur une touche d'un des ordinateurs et tous les écrans s'allumèrent. Je regardai les images et les données défiler à une allure phénoménale et je sentis ma tête s'alourdir à nouveau.

– Quant à vous, fit-il en se tournant vers nous, en entrant ici par effraction et en vous immisçant dans notre travail, vous avez commis une erreur fondamentale si vous imaginiez un seul instant que vous aviez une utilité quelconque ici.

Les buts et les projets sont faits pour ceux qui ont un rôle à jouer dans la structure de la vie sur cette terre ; la plupart des gens n'ont aucune fonction à remplir et ils ne nous intéressent en rien. Malheureusement, il leur est tout de même permis d'exister.

Nous sommes uniquement concernés par la recherche et par les expériences qui changeront radicalement l'humanité. Nos travaux sont maintenant arrivés à une étape décisive. Que vous ignoriez leur importance n'est pas une excuse et vous devrez vous soumettre aux conséquences de votre ingérence dans nos affaires.

Vous ne nous êtes d'aucune utilité parce que vous n'avez pas de futur. Vous êtes, en un sens, déjà morts, mais votre mort effective nous permettra de valider l'aboutissement d'une phase particulièrement importante de nos recherches, c'est-à-dire le processus d'extermination des corps physiques par la transmission d'instructions appropriées à nos sujets ici présents.

Et il montra Jamie et Mark.

– Leur niveau d'énergie psychique est en train de se charger au maximum, et le processus sera achevé dans... quatre minutes environ, dit-il après avoir consulté sa montre.

– Vous voulez dire que vous allez utiliser mes frères pour faire votre sale travail à votre place... pour nous tuer, hurla Nathalie furieuse. Vous êtes dégoûtant, vous êtes abject. Vous êtes un porc. Vous avez utilisé mes parents et vous les avez détruits quand vous n'avez plus eu besoin d'eux. Et maintenant, vous voulez détruire Jamie et Mark.

– Mais pas du tout, Nathalie, dit Polson en souriant. Pourquoi voudrions-nous détruire ce qui nous est utile ? James et Mark font partie de notre futur. Lorsque le processus de transmigration sera achevé, nous aurons intégré leurs énergies en nous-mêmes.

– Vous allez vraiment voler leur âme, m'écriai-je.

Polson jeta les yeux sur moi et, une fois de plus, je me sentis défaillir sous son horrible regard hypnotique.

– Les âmes... quel mot minable et imparfait, quelle formule inadéquate pour définir et qualifier l'étendue incommensurable des énergies électriques qui forment le potentiel interne d'un être humain ! Mais pourtant, oui... vous aimez venir ici, n'est-ce pas, Abigail, eh bien, vous avez raison. Nous avons maintenant accès aux schémas électriques de nos sujets dans leur totalité, et leur projection en nous-mêmes est d'une importance capitale. En comparaison de cette réussite, que nous importent les soi-disant âmes de ces sujets ?

– Ce ne sont pas des sujets, se récria Sophie, ce sont Jamie et Mark !

Polson l'ignora.

– En tant que sujets, James et Mark ne sont rien. Pas plus qu'aucun d'entre vous. Mais ce sont des outils extrêmement efficaces, comme je vais bientôt le démontrer. Malheureusement, vous ne serez plus là pour vous rendre compte des résultats.

Sans même se retourner, il lança un ordre.

– Transe Mission, phase quatre !

Nous y voilà, pensai-je. On va mourir.

J'aurais dû être paralysée de terreur, mais ce n'était pas le cas. Pourquoi ? Qu'y avait-il de changé dans l'atmosphère depuis que Jamie et Mark étaient retournés à leur état de transe ?

Évidemment !

C'était la voix.

La voix que Mark avait émise pour vriller mon cerveau et qui m'empêchait de penser. La voix qui m'avait tellement terrifiée que j'avais été forcée d'ouvrir la porte de mon espace de sécurité pour m'y réfugier.

Je ne l'entendais plus.

Si Jamie et Mark étaient en train de diriger toute leur énergie psychique sur une cible en vue de l'anéantir, je n'étais pas cette cible. Je regardai Sophie et les autres, et j'eus la conviction qu'ils n'entendaient pas la voix, eux non plus.

Je jetai un coup d'œil sur Jamie et Mark, et je les vis échanger un regard, une sorte d'accord psychique.

L'instant d'après, le sol de la cave commença à trembler et je commençai à percevoir une sorte de son grave et rythmé qui se répercutait dans ma tête et se propageait dans tout mon corps, un peu comme les grondements annonciateurs d'un tremblement de terre.

Les réverbérations augmentèrent jusqu'à ce que toutes mes molécules tournent au rythme de ces vibrations. Juste avant de m'évanouir, j'aperçus Lizzie, Chrissie et Sophie agrippées les unes aux autres et se cramponnant ensemble à la vie ; Jamie et Mark étaient debout, ils me regardaient, ou plutôt ils regardaient à travers moi, et puis tout s'éteignit, la cave fut plongée dans l'obscurité et tous les appareils commencèrent à exploser…

Lorsque je revins à moi, je n'en crus pas mes yeux.

La cave était en feu, tout l'équipement informatique s'était désintégré ; des petits bouts d'appareils brûlaient encore, dégageant une fumée âcre qui me fit tousser et cracher ; quant aux écrans, ils avaient tout simplement implosé.

Mais tout s'était passé comme si Sophie, Nathalie, Chrissie, Lizzie, Col et moi, étions dans une zone ignifugée, comme si un bouclier invisible nous avait protégés.

Jamie et Mark étaient exactement au même endroit que la dernière fois que je les avais vus, sauf qu'à présent, ils regardaient en l'air, vers le plafond.

Là, à ma grande stupéfaction, je vis Polson suspendu à un lustre.

Il tournoyait lentement et je pense que Jamie et Mark dirigeaient son mouvement avec leur énergie psychique car bientôt Polson se mit à tourner de plus en plus vite, comme si leur moteur mental s'emballait, et finalement, il s'écrasa au sol.

Même à ce moment-là, il avait en lui quelque chose d'effrayant, comme s'il pouvait encore trouver au fond de lui un commutateur qui lui permettrait de retrouver le contrôle qu'il avait exercé sur les garçons pendant toutes ces années.

Mais comme il se relevait, les yeux injectés de sang et les veines gonflées sur le front, on entendit du bruit à la porte de la cave, et tout le monde se retourna dans cette direction.

Là haut, avec son tailleur noir et son collier de perles, Vampirella avait un air triomphant qui me fit penser au film Sunset Boulevard où une ex star du cinéma muet avait perdu la tête et se croyait encore au sommet de sa gloire.

Cela aurait pu être comique, sauf qu'elle avait un revolver à la main.

– Tue-les ! Tire ! cria Polson, d'une voix rauque, venimeuse et étouffée de rage.

Vampirella dirigea son arme quelque part entre Nathalie, Col et moi.

– Non, pas eux, ce sont des déchets ! On les évacuera plus tard ! Tire sur les garçons !

Monica Polson hésita.

– Mais Gerald, on ne peut pas les tuer, pas à ce stade... on a besoin d'eux. Il faudrait tout recommencer...

– Tue-les, hurla Polson. Ils ont la rage ! Tue-les comme des chiens !

À contrecœur, elle pointa son revolver sur Jamie mais quelque chose l'empêcha d'appuyer sur la gâchette.

– Qu'est-ce que tu as ? rugit Polson. Tu m'as entendu ? Tue-les !

Jamie et Mark étaient restés impassibles et je m'aperçus qu'ils regardaient toujours en l'air, sans rien fixer de particulier.

Mais bientôt, posément, à l'unisson, comme s'ils étaient raccordés à un cerveau unique, ils se tournèrent vers Vampirella.

Le revolver trembla dans sa main puis, lentement, elle se tourna vers son mari et dirigea le revolver sur lui.

– Non ! hurla-t-il.

Elle tira trois coups, un dans la tête et deux dans le cœur.

Puis, de façon presque mécanique, elle retourna l'arme contre elle, elle appuya le revolver sur sa tempe, et elle tira.

Chapitre 16

La police avait fini de nous interroger pour aujourd'hui. Papa et maman étaient arrivés ainsi que les parents de Lizzie et ceux de Chrissie et de Col.

Nous étions tous dans le salon de Duncan et de Nettie, même GMJ qui, entre les mains expertes de Monsieur Sommers, se roulait sur dos, les pattes en l'air.

Le Grand Méchant Jonas n'était pas si méchant, après tout.

Nous étions tous épuisés mais hyper contents, surtout Mark et Jamie.

– Je commence à me rappeler mes rêves, me dit Jamie.

Nous étions assis dans un coin, un peu à l'écart des autres.

– Je me retrouvais en train de danser dans toutes sortes d'endroits bizarres, continua-t-il. Un jour, même, j'ai dansé au milieu d'un groupe d'aborigènes sur une plage d'Australie…

– Tu étais peut-être dans le temps du rêve, dis-je. Les aborigènes croient qu'il y a une autre réalité, une sorte d'univers parallèle où nous vivons tous, mais nous ne le savons pas parce que nous n'y allons que dans nos rêves. Ils appellent ça le temps du rêve.

– Je devais y être quand je t'ai vue, dit Jamie. Je me souviens que lorsque tu m'as touché le visage, j'ai eu l'impression que quelqu'un essayait de me réveiller… mais si j'étais dans le temps du rêve et que toi tu étais dans le temps normal, comment avons-nous pu nous rencontrer ?

– Les deux univers se croisent peut-être, à certains endroits. C'est pour ça que tu as pu m'envoyer des messages. Mais comment as-tu pu vivre comme ça, tout le temps branché sur des machines ?

– Je ne peux pas te dire grand chose, parce que je ne me rappelle presque plus rien maintenant, mais je pense que je m'en souviendrai un de ces jours… c'est ça qui me fait peur.

– Ça te reviendra peut-être en rêve, dis-je.

– Si ça arrive, je t'appellerai encore à mon secours.

– Mais est-ce que tu seras Trancer alors, ou bien toi-même ?

– Qui est Trancer ?

Je le regardai avec anxiété.

– Ne me dis pas que tu as encore oublié.

Jamie sourit.

– C'était pour rigoler. Dès que tu m'en as parlé, les choses ont commencé à me revenir. Je sais que c'est comme ça que j'ai voulu que tu m'appelles quand on s'est rencontrés au festival. Et puis, je me souviens l'avoir vu dans cette pièce, mais elle était meublée comme autrefois, quand vous y habitiez.

– Tu te rappelles ça ? demandai-je, étonnée. Mais cette rencontre n'a eu lieu que dans mon esprit. Je t'ai présenté à Trancer en esprit, dans mon espace de sécurité – j'avais créé cet espace où le danger ne pouvait pas entrer, quand j'avais été effrayée par la voix que Mark émettait dans ma tête.

Jamie eut l'air intrigué.

– Cette voix… qu'est-ce qu'elle disait ?

– Des choses comme… « va-t-en, on n'a pas besoin de toi… »

– Je me souviens de cette voix… elle ne venait pas de Mark, même si c'était le son de sa voix, elle émanait des Polson. Ils avaient mis toutes sortes de programmes dans notre tête. C'était une espèce de bain de cerveau…

– De lavage de cerveau, corrigeai-je.

– Ah, oui ? J'ai oublié des mots. J'ai été hors circuit pendant cinq ans, rappelle-toi. Sauf lorsque je réussissais à m'échapper.

– Dans ton espace de sécurité ?

– Oui, dit-il. Je me sentais toujours en sécurité quand je dansais. Mais ça ne durait jamais longtemps.

– Ça se terminait quand tu te transformais en zombie.

– Moi, j'étais un zombie ?

– Oui. En tout cas, tu avais l'air d'un zombie.

– J'étais comme ça ?

Il se mit à loucher, rentra ses yeux dans leurs orbites et on aurait vraiment dit un mort vivant. J'éclatai de rire.

Nettie, qui l'observait, chuchota à l'oreille de maman :

– Les pauvres, il va falloir des années pour réparer les dégâts mentaux qu'ils ont subis… et un suivi psychologique. Tu connais de bons psychologues ?

– J'en connaissais deux, mais ils n'exerceront plus, dit Nathalie sèchement.

– Je pense que maintenant, ce qu'il leur faut avant tout, c'est un foyer chaleureux, beaucoup d'amour, une bonne nourriture et du repos, dit maman. Qu'en penses-tu, Paul ?

Papa répondit en levant les sourcils :

– Est-ce que tu penses ce que je crois que tu penses ?

– Je ne savais pas que tu pouvais être aussi télépathique, dit maman en souriant.

– Dans ce cas, si tu promets qu'il n'y aura pas de tests psychologiques…

– Ni d'ordinateurs… ajouta maman.

– Alors, Jamie et Mark pourront peut-être rester avec nous, dit papa. Bien sûr, il y aura toutes sortes de formalités, mais ça ne devrait pas poser de problème. Qu'en pensez-vous, les enfants ?

Nous nous regardâmes, bouche bée.

– Est-ce que Mark pourra dormir dans ma chambre ? demanda Sophie, tout excitée.

Papa fit un clin d'œil à maman.

– Je ne crois pas que ce soit une bonne idée, Sophie, dit maman avec diplomatie. Pour l'instant, le mieux serait que tu partages ta chambre avec Abi, et les garçons iraient dans sa chambre, en attendant qu'on s'organise.

– Oh, non, maman ! protestâmes-nous avec un bel ensemble. Mais nous n'insistâmes pas car il était clair qu'on ne pouvait pas tout avoir.

– De toute façon, on avait besoin de faire des travaux dans la maison, dit maman. On pourrait faire deux chambres supplémentaires dans le sous-sol. Tu es d'accord, Paul ?

– Hum, répondit papa. Il faudra que je fasse venir quelqu'un pour m'aider.

– Ne comptez pas sur Duncan, fit Nettie entre ses dents.

Nous éclatâmes tous de rire, sauf Duncan.

– Vraiment, Nettie, tu n'es pas juste. Si tu savais tout le temps que je passe…

– … sur l'Eurostar… termina Nettie d'un air accablé. J'ai déjà entendu ce refrain.

– C'est comment, Swanleigh ? demanda Jamie.

– Ne te fais pas d'illusions, lui dis-je. Je préfère t'avertir que je suis la seule image culturelle présentant quelque intérêt dans ce village qui se vante d'avoir une trentaine de maisons, un pub, et un seul magasin où on ne peut même pas trouver une mousse de toilette.

Pendant ce temps, Sophie renouait connaissance avec Mark.

– Est-ce que tu aimes Take That ?

– C'est quoi ? Un jeu de cartes ?

Sophie fit des yeux ronds.

– Il va falloir que je refasse toute ton éducation, dit-elle.

Épilogue

Voilà comment Jamie et Mark sont venus vivre avec nous. Papa a aménagé le sous-sol et il a même eu droit à l'aide de Duncan qui a découvert les joies du bricolage depuis que Nettie l'a obligé à préparer la chambre du bébé, qui était mon ancienne chambre et par où j'avais vu Jamie danser derrière sa fenêtre.

Le bébé de Duncan et Nettie est né. C'est une fille et elle s'appelle Katie. Chaque fois que je vais les voir, je la promène dans le parc, mais je ne passe jamais par les allées parce qu'elles mènent à une maison qui a mauvaise réputation.

Elle a déjà été achetée et revendue deux fois. « Les gens sont partis très vite à cause des mauvaises vibrations », m'a dit Nettie. Maintenant elle est vide et elle tombe en ruines, ses fenêtres sont encore plus noires qu'avant, et j'évite même de les regarder.

Mais un après-midi, alors que j'étais dans la chambre de Katie, j'ai jeté un coup d'œil par la fenêtre sans faire exprès et, l'espace d'une seconde, j'ai cru voir un éclair orange derrière la fenêtre.

Comme dit maman, il y a plus d'une sorte de fantômes, mais je suis sûre que ce n'était pas Jamie parce qu'il a repris l'école, et Mark aussi. Ils travaillent très bien tous les deux et ils rattrapent les années perdues. Mais Jamie est dégoûté parce qu'on l'a mis dans la même classe que Mark, et ce n'est pas moi qui le lui reprocherai.

Rien qu'à l'idée d'être dans la même classe que Sophie mes cheveux se hérissent et, pour tout vous dire, je trouve ça bien plus effrayant que tout ce qui s'est passé cet été.

Jamie et Mark sont à peu près redevenus eux-mêmes, et comme il n'y a eu aucun problème pour l'adoption, on a deux frères maintenant, alors vous pouvez imaginer le bruit que ça fait pendant les repas.

– Personne ne m'écoute, proteste Sophie. Des fois j'ai l'impression d'être invisible, ici.

– Quelqu'un a parlé ? dis-je à l'unisson avec Jamie, et nous regardons autour de nous d'un air affolé comme si on avait entendu un fantôme, et Mark se tape sur les cuisses en s'esclaffant.

Mais il arrive que Jamie se réveille en hurlant au milieu de la nuit, alors moi ou maman, on va dans sa chambre et on le prend dans nos bras et on lui dit qu'il a fait un cauchemar et qu'il n'a plus rien à craindre maintenant.

Curieusement, Mark semble avoir tout oublié. Mais je sais que ce n'est pas vrai parce qu'il s'est passé quelque chose la semaine dernière.

Je rêvais que j'étais revenue chez les Polson. J'étais glacée de terreur entre le Grand Méchant Jonas d'un côté et Jamie et Mark qui me barraient la route dans le couloir. Comme les aboiements du chien se faisaient plus féroces, la voix s'est mise à rugir dans ma tête.

– Arrêtez, je vous en prie, suppliai-je. C'est fini, Jamie… Mark, c'est fini…

Alors Jamie se transforma en Trancer et il commença à danser devant moi.

Mais Mark restait immobile, implacable, aveugle, et la voix s'amplifia jusqu'à devenir insoutenable…

Je me réveillai en sueur et je bondis dans la chambre de Jamie, mais il était déjà sur le pas de sa porte.

– J'ai fait un rêve épouvantable, dit-il.

Sans qu'il ait besoin de me le raconter, je sus que nous avions fait le même rêve.

Nous allâmes dans la chambre de Mark pour voir s'il allait bien.

Il était assis dans son lit, figé.

Ses yeux étaient ouverts mais il était en état de transe.

Le lendemain matin, il ne se souvenait de rien.

– En voiture, les enfants, c'est l'heure, dit papa.

– J'ai pas envie d'aller à l'école aujourd'hui, ronchonna Sophie.

– Moi, j'aime bien y aller, dit Jamie. Pas toi, Mark ?

Mark nous regarda et je vis dans ses yeux une lueur nouvelle, différente et cependant familière, mais je ne savais pas très bien d'où elle venait :

– Il faut continuer à travailler, dit-il d'une voix onctueuse.

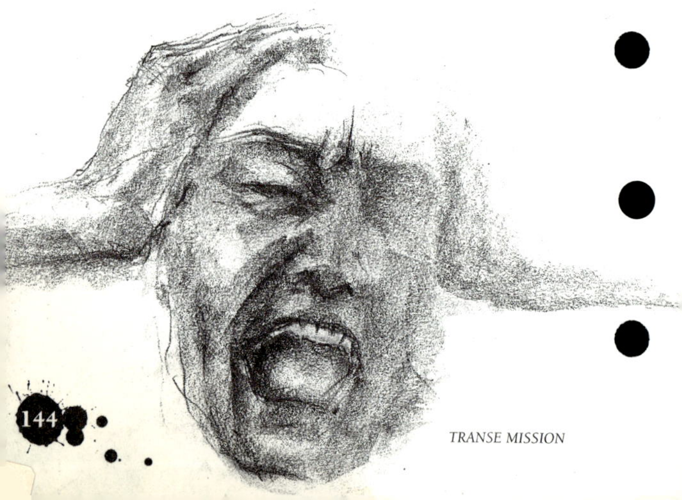